ギルバート・ブライス
友人《ゆうじん》
ジェーン
ルビー
ダイアナ・バリー
姉妹《しまい》
ミニー・メイ
親子《おやこ》
親子《おやこ》
バリー夫人《ふじん》
あこがれ
ステイシー先生《せんせい》

TOKIMEKI YUME BUNKO
赤毛《あかげ》のアン
同時収録『果樹園のキルメニイ』
L・M・モンゴメリ 作
トキメキ夢文庫

登《とう》場《じょう》人《じん》物《ぶつ》紹《しょう》介《かい》

物語《ものがたり》の中心《ちゅうしん》となる5人《にん》の登場人物《とうじょうじんぶつ》です。

アン

主人公《しゅじんこう》。想像力《そうぞうりょく》が豊《ゆた》かで、おしゃべりな女《おんな》の子《こ》。美《うつく》しいものやロマンチックなことが大好《だいす》き。正義感《せいぎかん》が強《つよ》く、負《ま》けずぎらいな一面《いちめん》も。

ダイアナ

アンの親友《しんゆう》。アンと同《おな》い年《どし》で、いつもアンの心《こころ》によりそい、アドバイスをしてくれる優《やさ》しい子《こ》。ツヤのある黒髪《くろかみ》と黒《くろ》いひとみが印象的《いんしょうてき》。

ギルバート

アンのクラスメイトで、アンより3つ年上《としうえ》。アンの赤《あか》毛《げ》をからかったことがきっかけで、アンはライバルとして意識《いしき》するように……。

マリラ

マシューの妹《いもうと》。しっかりもので、裁縫《さいほう》や料理《りょうり》が得意《とくい》。優《やさ》しいマシューに対《たい》し、アンを厳《きび》しくしつけようとこころみる。

マシュー

マリラの兄《あに》。内気《うちき》で温厚《おんこう》な性格《せいかく》。アンにとっては一番《いちばん》の理解者《りかいしゃ》で、いつも楽《たの》しそうにアンの話《はなし》を聞《き》いてくれる。

これからどんな物語《ものがたり》が始《はじ》まるのでしょうか。
物語《ものがたり》のカギとなるシーンを紹介《しょうかい》します。

名《めい》場《ば》面《めん》集《しゅう》

『わが腹心《ふくしん》の友《とも》に
忠誠《ちゅうせい》をつくすことを
ちかいます』

はじめての親友《しんゆう》とのちかい（第《だい》3章《しょう》）

2人《ふたり》が出会《であ》った日《ひ》、花《はな》がさきほこるバリー家《け》の庭《にわ》で、アンとダイアナは友情《ゆうじょう》のちかいをたてました。

『よくもそんなひどいことを
言《い》ったわね！』

石板《せきばん》事件《じけん》（第《だい》4章《しょう》）

クラスメイトのギルバートに赤毛《あかげ》をからかわれたアンは、かっとなって石板《せきばん》を……!!

ミニー・メイの危機《きき》(第《だい》5章《しょう》)

冬《ふゆ》のある日《ひ》、病気《びょうき》にかかったダイアナの妹《いもうと》を懸《けん》命《めい》に看病《かんびょう》しました。アンはミニー・メイを救《すく》えるのでしょうか。

『泣《な》かないで、ダイアナ。
あたしにまかせて』

『緑《みどり》の髪《かみ》なんて、
赤毛《あかげ》の十倍《じゅうばい》もひどいわ』

髪《かみ》の毛《け》が緑《みどり》に!!(第《だい》6章《しょう》)

赤毛《あかげ》をなんとかしようとアンが行動《こうどう》した結果《けっか》……。

物語《ものがたり》の舞台《ぶたい》はどんなところ？

『赤毛《あかげ》のアン』の舞台《ぶたい》、アボンリー村《むら》。そのモデルとなったのが、カナダにあるプリンス・エドワード島《とう》です。作者《さくしゃ》のモンゴメリも過《す》ごしたこの島《しま》で、物語《ものがたり》の軌跡《きせき》をたどってみましょう。

アンが暮《く》らした

グリーン・ゲイブルズ・ハウス

モンゴメリのいとこが実際《じっさい》に住《す》んでいた家《いえ》。モンゴメリはここを、アンの物語《ものがたり》の舞台《ぶたい》にしました。

写真：アフロ

写真：アフロ

物語《ものがたり》を再現《さいげん》した

アンの部屋《へや》

グリーン・ゲイブルズの2階《かい》の東側《ひがしがわ》につくられたアンの部屋《へや》。現在《げんざい》は、実際《じっさい》に訪《おとず》れることもできます。

アンが好《す》きな

並木道《なみきみち》

物語《ものがたり》のなかで、アンが『歓喜《かんき》の白路《はくろ》』と名《な》づけたりんごの並木道《なみきみち》。マシューとアンの姿《すがた》がうかんできそうです。

写真：Mayumi Mukaemachi

もくじ

赤毛《あかげ》のアン

第《だい》1章《しょう》 おしゃべりな女《おんな》の子《こ》

お久《ひさ》しぶりね、レイチェル。座《すわ》ってちょうだい。
それよりマリラ。お宅《たく》のことが心配《しんぱい》で来《き》たのよ。
あなたのお兄《にい》さんがわざわざ正装《せいそう》して出《で》かけたじゃない…。
あぁ、マシューは駅《えき》に行《い》ったのよ。
わたしたち、*孤児院《こじいん》から男《おとこ》の子《こ》を引《ひ》き取《と》ることにしたの。
ええっ⁉
あなたたちが子《こ》どもを？
マシューは心臓《しんぞう》の具合《ぐあい》がよくないの。畑《はたけ》を手伝《てつだ》ってくれる男《おとこ》の子《こ》がいればと思《おも》ってね。
…でも、どんな子《こ》が来《く》るか知《し》れたもんじゃないわ。
働《はたら》き手《で》がいればいいのよ。

＊孤児院《こじいん》……両親《りょうしん》などがいない子《こ》どもたちが暮《く》らす施設《しせつ》。

女《おんな》の子《こ》だったら、わざわざ引《ひ》き取《と》って育《そだ》てる気《き》にはなれないけどね。
コツコツ
スッ
?
きょろ
きょろ

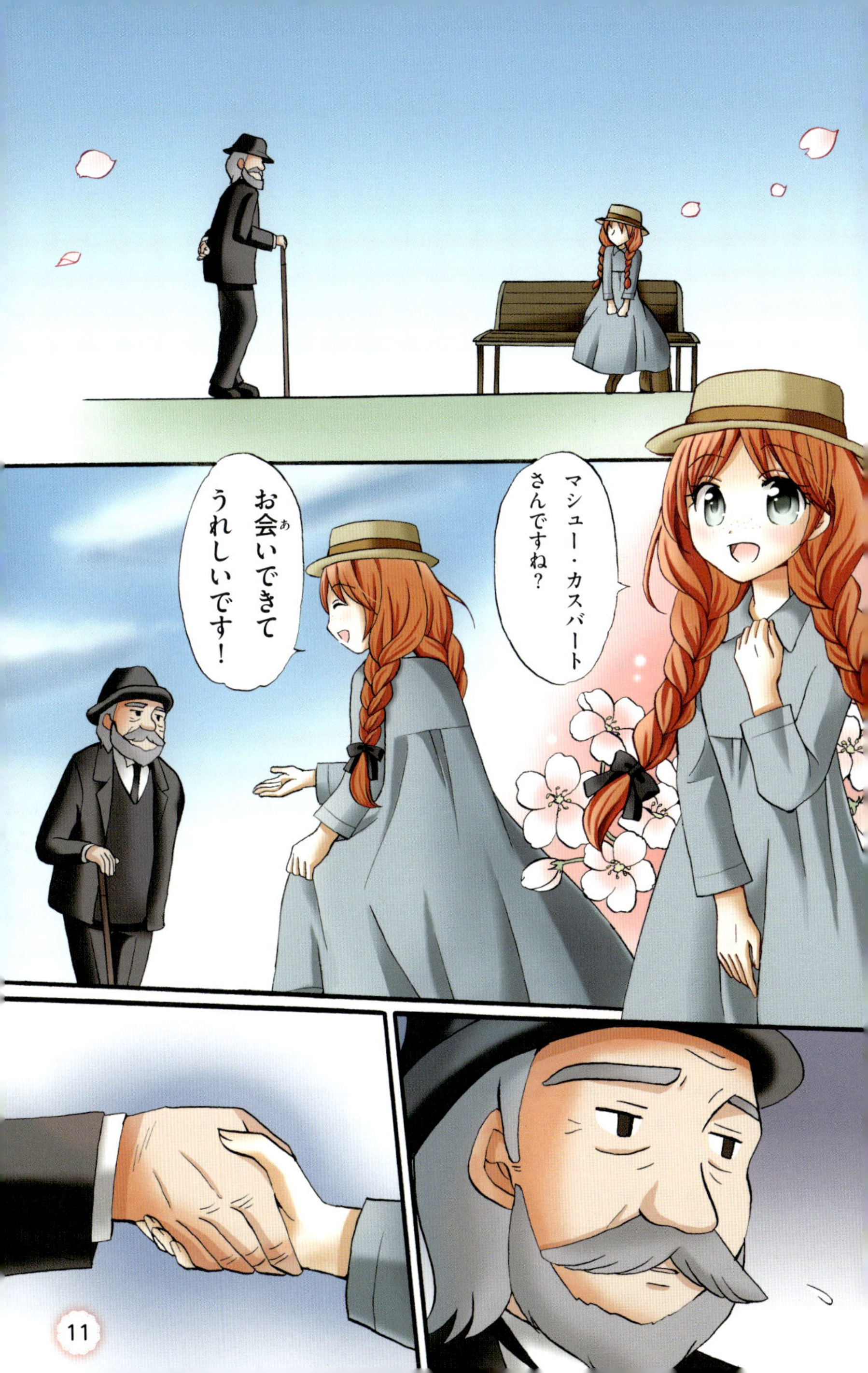
マシュー・カスバートさんですね？
お会《あ》いできてうれしいです！

よかった。お会《あ》いできないんじゃないかと思《おも》ってました。

そうしたら、今夜《こんや》はあのサクラの木《き》に登《のぼ》って寝《ね》るつもりでした。

それならちっともこわくないわ。真《ま》っ白《しろ》なサクラの花《はな》にうもれてねむるなんて、すてきですもの！

もし今夜《こんや》いらっしゃらなくても、明日《あす》の朝《あさ》には必《かなら》ずいらっしゃるって思《おも》ってました。

おそくなって悪《わる》かったね。荷物《にもつ》を持《も》とう。

あっ、気《き》にしないでください。全財産《ぜんざいさん》が入《はい》ってますけど、重《おも》くありませんから。

パッカ
パカ

…美《うつく》しいわ。

あの白《しろ》いレース みたいな木《き》を見《み》て、何《なに》か思《おも》いつきませんか?

そうさな…、わからんなあ。

あら、花嫁《はなよめ》に決《き》まってるじゃない!

白《しろ》いドレスにベールをかぶった花嫁《はなよめ》よ!

あたし、きれいな服《ふく》って大好《だいす》き!

一度《いちど》も着《き》たことはないけど…。

汽車《きしゃ》のなかで、あたしはあわいブルーのシルクのドレスを着《き》てるって想像《そうぞう》していたんです。

すごく楽《たの》しかった!

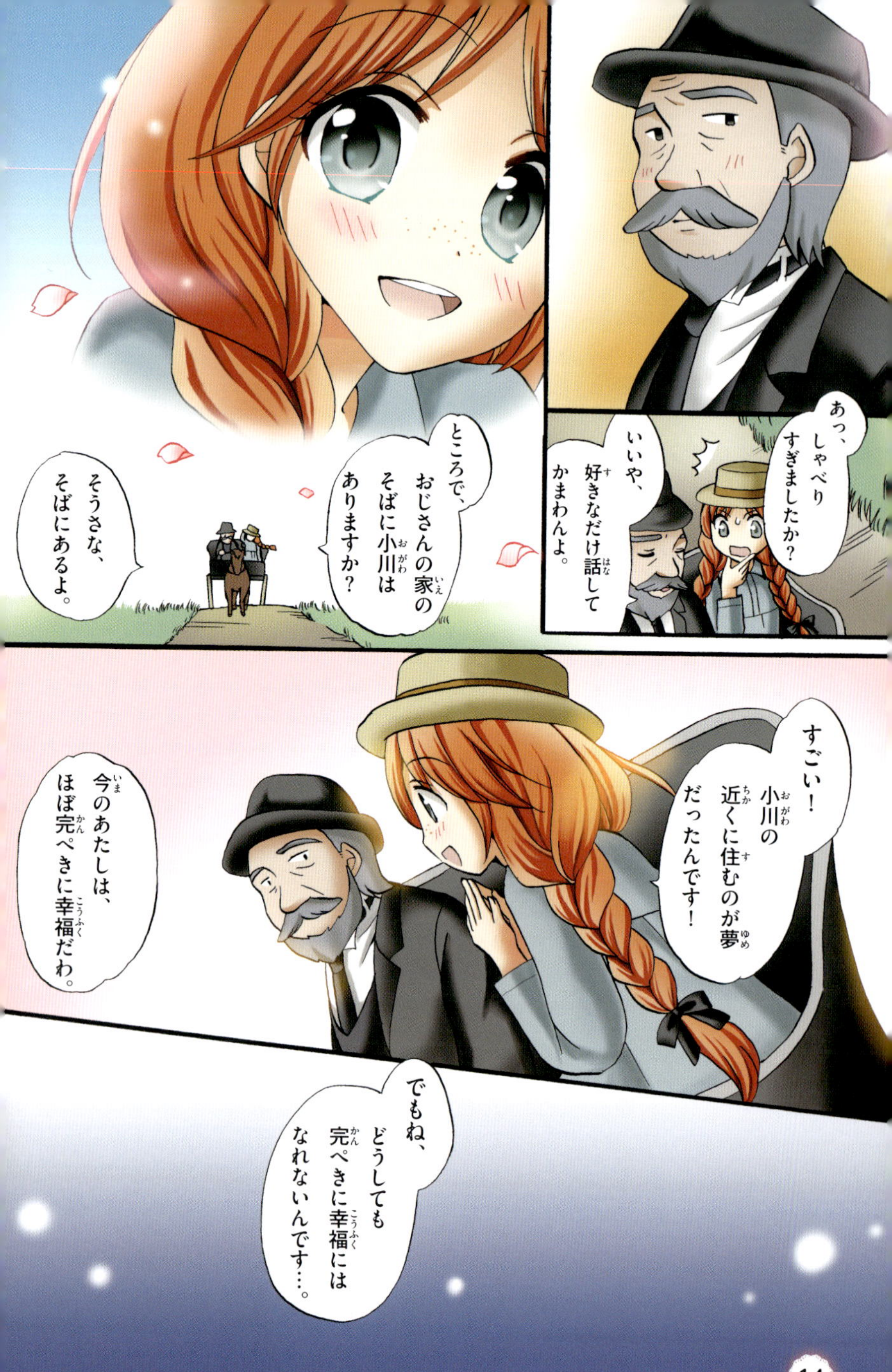
ところで、おじさんの家《いえ》のそばに小川《おがわ》はありますか？
そうさな、そばにあるよ。
あっ、しゃべりすぎましたか？
いいや、好《す》きなだけ話《はな》してかまわんよ。
すごい！小川《おがわ》の近《ちか》くに住《す》むのが夢《ゆめ》だったんです！
今《いま》のあたしは、ほぼ完《かん》ぺきに幸福《こうふく》だわ。
でもね、どうしても完《かん》ぺきに幸福《こうふく》にはなれないんです…。

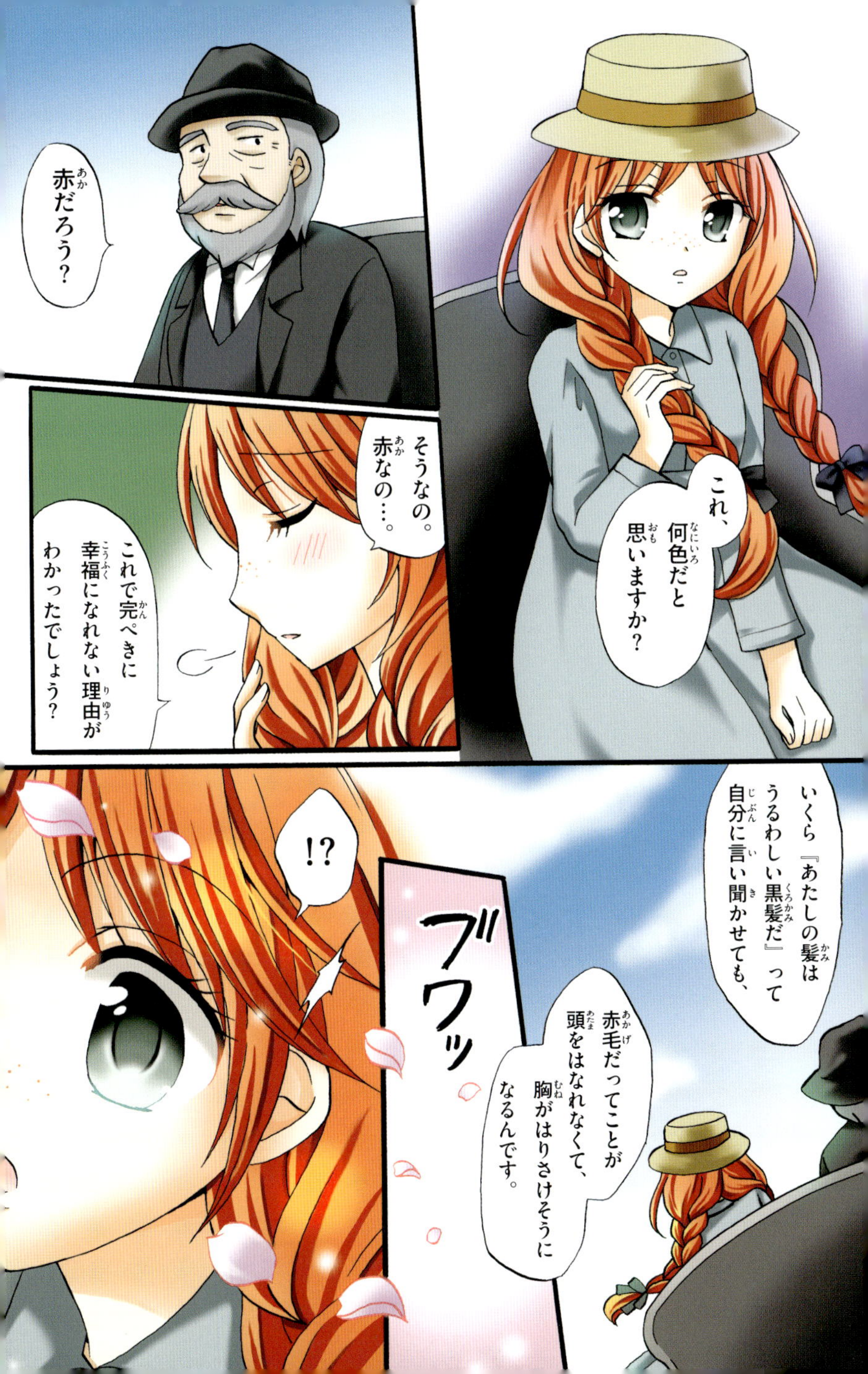
これ、何色《なにいろ》だと思《おも》いますか？
赤《あか》だろう？
そうなの。赤《あか》なの…。
これで完《かん》ぺきに幸福《こうふく》になれない理由《りゆう》がわかったでしょう？
いくら『あたしの髪《かみ》はうるわしい黒髪《くろかみ》だ』って自分《じぶん》に言《い》い聞《き》かせても、
赤毛《あかげ》だってことが頭《あたま》をはなれなくて、胸《むね》がはりさけそうになるんです。
ブワッ
!?

ああ、カスバートさん！
カスバートさん…!!

パッカ
パカ

つかれたろう?
カスバートさん…。
さっき通《とお》った あの白《しろ》いところは 何《なん》ですか?
そうさな、並木道《なみきみち》の ことかな?
あそこはわりと きれいだね。
きれい? そんな言葉《ことば》じゃ 足《た》りないわ!
あそこをただの 『並木道《なみきみち》』なんて 呼《よ》んではだめよ!
ああ、すばらしかった。 この辺《へん》がキュンと 痛《いた》くなって、 なのに心地《ここち》いいの。
そうね…、
『歓喜《かんき》の白路《はくろ》』が いいわ!

あたし、場所《ばしょ》や人《ひと》の名前《なまえ》が気《き》に入《い》らないと、
自分《じぶん》で新《あたら》しいのを考《かんが》えて、そっちで呼《よ》ぶんです。
あっ、あそこもきれい！
あれは『バリーの池《いけ》』だよ。
その名前《なまえ》もだめ!!
『輝《かがや》きの湖水《こすい》』って呼《よ》ぶことにするわ。
でもなんで『バリーの池《いけ》』っていうんですか。
バリーさんが住《す》んでるからだろうね。
バリーさんのお宅《たく》に女《おんな》の子《こ》はいませんか？
あたしぐらいの。
いるよ。
ダイアナっていう子《こ》だ。
わあ、なんてすてきな名前《なまえ》！
もうすぐうちだよ。あれが……。
言《い》っちゃだめ。
あたしに当《あ》てさせて！
来《く》る前《まえ》に教《おし》えてもらったんです。
おじさんの家《いえ》はグリーン・ゲイブルズって呼《よ》ばれてるって。

あそこだわ!
当《あ》たりだよ。
あそこがあたしの家《いえ》…。
なんだか夢《ゆめ》みたい。
しーん
どういうことなの?
マシュー、男《おとこ》の子《こ》はどこ?
この子《こ》しかいなかったんだよ。
そんなはずないでしょう!
スペンサーの奥《おく》さんには、男《おとこ》の子《こ》を引《ひ》き取《と》りたいってたのみましたよ!

要《い》らないのね！あたしが男の子《おとこのこ》じゃないから。
いやな予感《よかん》がしてたの！あたしのことを欲《ほ》しがる人《ひと》なんて、
今《いま》まで一人《ひとり》もいなかったもの！
はぁ
ほら、そんなに泣《な》かないで。
おばさんがあたしの立場《たちば》だとしてもきっと泣《な》くわ！

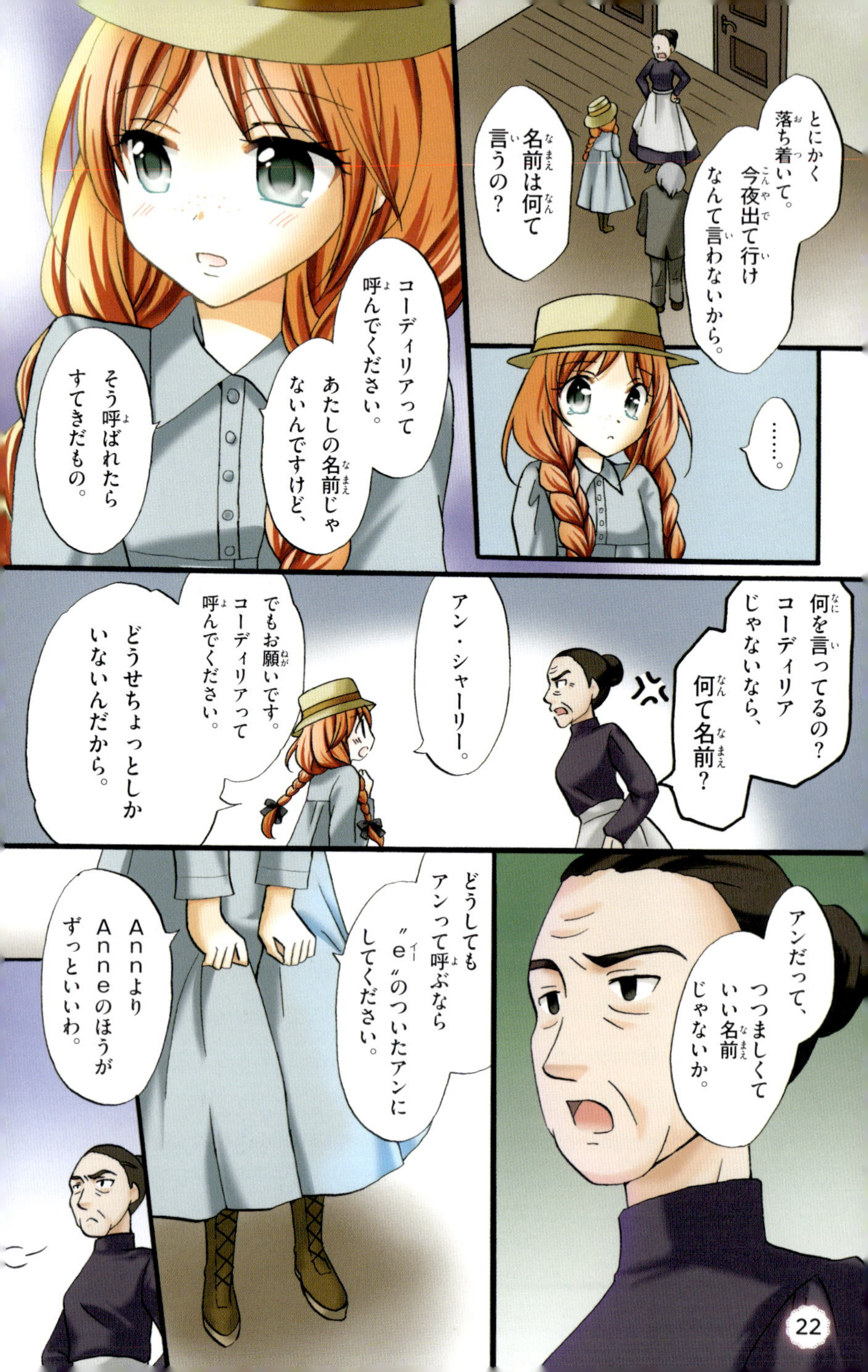
とにかく落《お》ち着《つ》いて。今夜《こんや》出《で》て行《い》けなんて言《い》わないから。
名前《なまえ》は何《なん》て言《い》うの？
……。
コーディリアって呼《よ》んでください。
あたしの名前《なまえ》じゃないんですけど、
そう呼《よ》ばれたらすてきだもの。
何《なに》を言《い》ってるの？コーディリアじゃないなら、何《なん》て名前《なまえ》？
アン・シャーリー。
でもお願《ねが》いです。コーディリアって呼《よ》んでください。
どうせちょっとしかいないんだから。
アンだって、つつましくていい名前《なまえ》じゃないか。
どうしてもアンって呼《よ》ぶなら〝e《イー》〟のついたアンにしてください。
AnnよりAnneのほうがずっといいわ。

じゃあ、e《イー》のついたアン。男《おとこ》の子《こ》が欲《ほ》しいってお願《ねが》いしたんだけどね、
孤児院《こじいん》に男《おとこ》の子《こ》はいなかったのかい？
いいえ、たっぷりいました。
でもスペンサーのおばさんは『女《おんな》の子《こ》を』ってはっきり言《い》ったんです。
カチャ
食《た》べなきゃだめじゃないの。
あたしは今《いま》、絶望《ぜつぼう》のどん底《ぞこ》にいるんです。
どん底《ぞこ》にいるときに、ご飯《はん》なんて食《た》べられると思《おも》いますか？
……。

そんなの わからないわね。

つかれてるんだよ。もう休《やす》ませてやったらどうだい。

とにかく明日《あす》スペンサーさんのところへ行《い》って、あの子《こ》を帰《かえ》らせるしかないわね。

だがなマリラ、あの子《こ》はなかなかかわいい子《こ》だよ。

マシュー まさか引《ひ》き取《と》ろうって言《い》うんじゃないでしょうね？

駅《えき》から来《く》るときのおしゃべりを聞《き》かせたかったよ。あの子《こ》はマリラのいい話《はな》し相手《あいて》になるんじゃないか？

ムッ

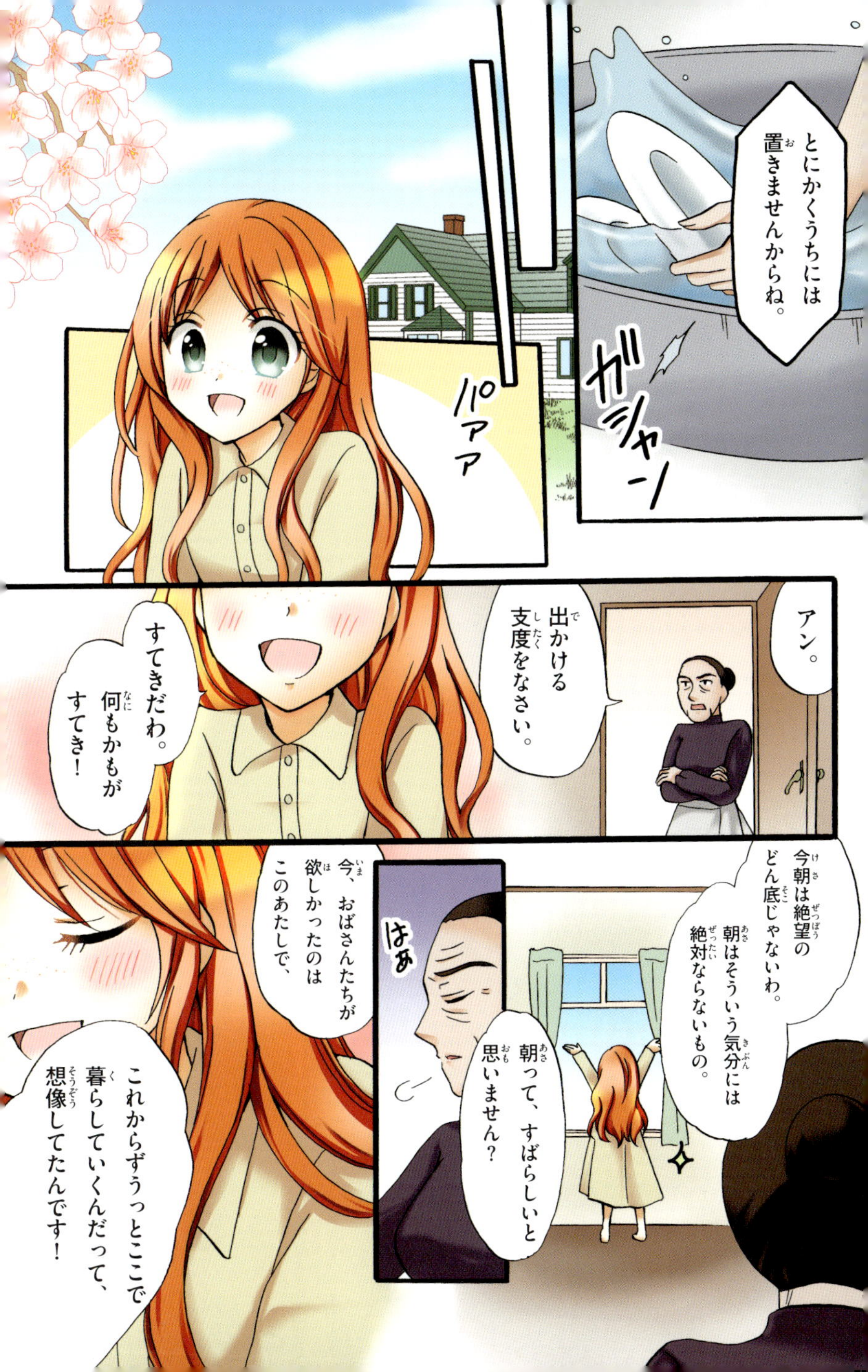
とにかくうちには置《お》きませんからね。
ガシャーン
パアァァ
アン。
出《で》かける支度《したく》をなさい。
すてきだわ。何《なに》もかもがすてき！
今朝《けさ》は絶望《ぜつぼう》のどん底《そこ》じゃないわ。
朝《あさ》はそういう気分《きぶん》には絶対《ぜったい》ならないもの。
朝《あさ》って、すばらしいと思《おも》いません？
はぁ
今《いま》、おばさんたちが欲《ほ》しかったのはこのあたしで、
これからずうっとここで暮《く》らしていくんだって、想像《そうぞう》してたんです！

でも想像《そうぞう》は、いつかはやめなくちゃならないわ。
ふぅ
想像《そうぞう》なんてどうでもいいから、早《はや》く着《き》がえなさい。
いただきます。
今日《きょう》は雨降《あめふ》りじゃなくてよかった！
雨《あめ》の朝《あさ》だってきらいじゃないのよ。
だけど、お天気《てんき》がいいほうが不幸《ふこう》に負《ま》けないでいられるわ。
ぺら
ぺら
今《いま》のあたしはかなりの不幸《ふこう》を背負《せお》っているでしょう？
お願《ねが》いだから静《しず》かにしてちょうだい。
いくらなんでもおしゃべりがすぎるわ。
……。
もぐもぐ
しーん

あたし、お皿《さら》を洗《あら》います。
ちゃんと洗《あら》えるの？
はい。本当《ほんとう》は子《こ》どもの面倒《めんどう》を見《み》るほうが得意《とくい》なんですけど。
カチャ
カチャ
ここに子《こ》どもがいたらよかったのに。
これ以上《いじょう》いたら大変《たいへん》。あんただけで手《て》いっぱいよ。
まったくマシューの気《き》が知《し》れないわ。
あら、マシューはとってもすてきな人《ひと》よ。
あたしのおしゃべりもいやがらなかったし。
すぐに〝同質《どうしつ》の魂《たましい》〟の持《も》ち主《ぬし》だってわかったわ。
同質《どうしつ》の魂《たましい》とやらが、変《か》わり者《もの》ってことならそのとおりだろうね。
さあ、早《はや》く洗《あら》ってちょうだい。
午後《ごご》にはスペンサーさんのお宅《たく》に行《い》くんだからね。

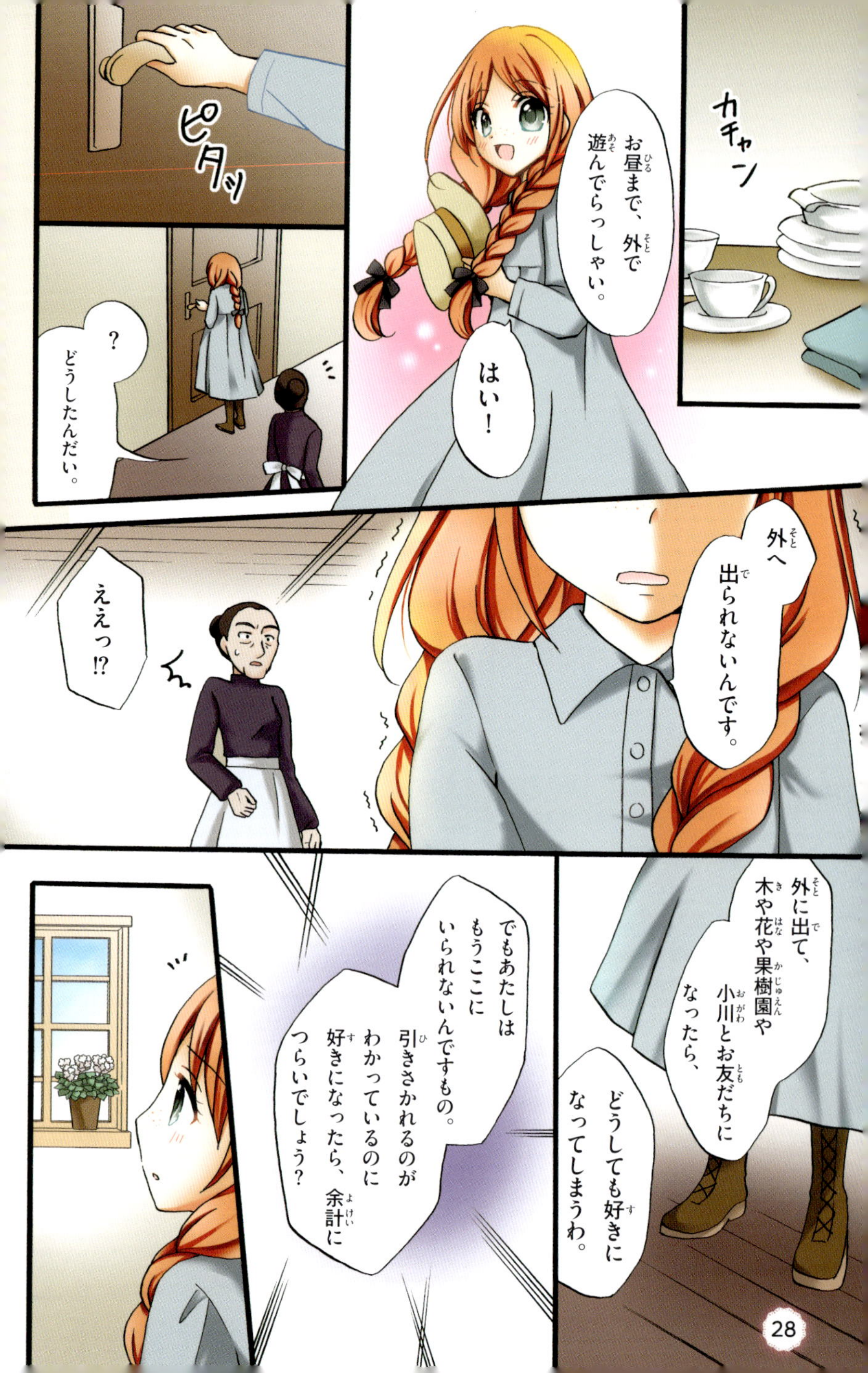
カチャン
お昼《ひる》まで、外《そと》で遊《あそ》んでらっしゃい。
はい！
ピタッ
？
どうしたんだい。
外《そと》へ出《で》られないんです。
ええっ!?
外《そと》に出《で》て、木《き》や花《はな》や果樹園《かじゅえん》や小川《おがわ》とお友《とも》だちになったら、
どうしても好《す》きになってしまうわ。
でもあたしはもうここにいられないんですもの。
引《ひ》きさかれるのがわかっているのに好《す》きになったら、余計《よけい》につらいでしょう？

あの花《はな》の名前《なまえ》は？
あれはゼラニウムよ。
そうじゃなくて、おばさんが自分《じぶん》でつけた名前《なまえ》のことなんだけど。
つけてないなら、あたしがつけるわ。
ボニーがいいわ！
花《はな》に名前《なまえ》なんてつけて、何《なん》の意味《いみ》があるの？
名前《なまえ》があれば、人間《にんげん》みたいに思《おも》えてくるわ。
いつもゼラニウムってしか呼《よ》ばれないと、ゼラニウムが悲《かな》しんでるかもしれないし。
おばさんだって、いつも〝女《おんな》〟としか呼《よ》ばれなかったらいやでしょう？
今朝《けさ》、部屋《へや》の外《そと》のサクラの木《き》にも名前《なまえ》をつけたんです。

真《ま》っ白《しろ》だから〝雪《ゆき》の女王《じょおう》〟っていうの。
はぁ
じゃあいってきます。
……。
なあ、マリラ。

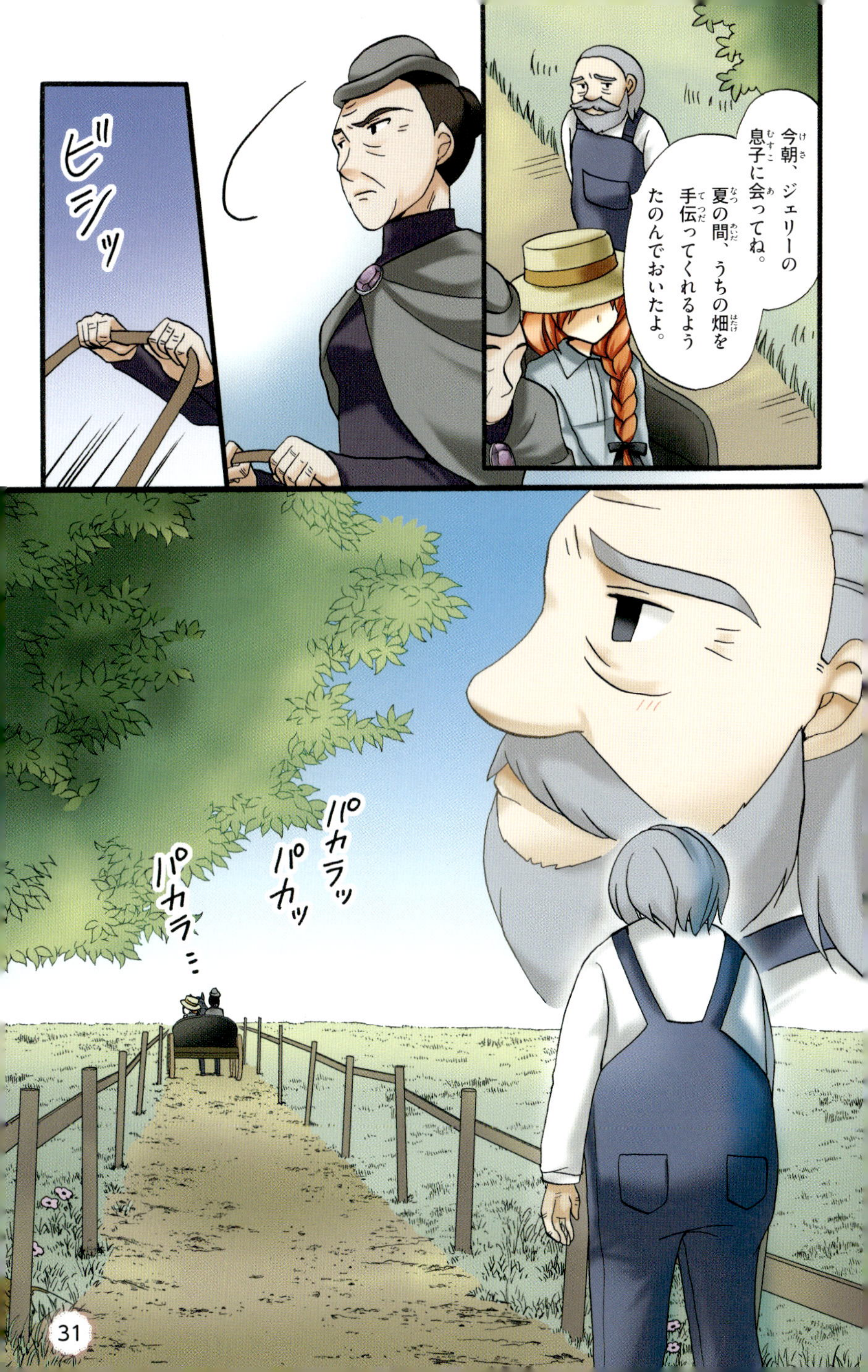
今朝《けさ》、ジェリーの息子《むすこ》に会《あ》ってね。
夏《なつ》の間《あいだ》、うちの畑《はたけ》を手伝《てつだ》ってくれるようたのんでおいたよ。
ビシッ
パカラッ
パカッ
パカラ

第《だい》2章《しょう》

ここがわが家《や》

うずもれた希《き》望《ぼう》の墓《はか》場《ば》

　馬《ば》車《しゃ》がスペンサーさんの家《いえ》へ向《む》かって走《はし》りだすと、アンが口《くち》を開《ひら》いた。
「決《き》めたわ。あたし、このドライブを楽《たの》しむことにする。馬《ば》車《しゃ》に乗《の》っている間《あいだ》は、孤《こ》児《じ》院《いん》に帰《かえ》ることは忘《わす》れるの。」
　そう言《い》いきったアンは、道《みち》ばたに一《いち》輪《りん》の野《の》バラを見《み》つけ、顔《かお》をかがやかせた。
「見《み》て！　なんてきれいでかわいいのかしら……。バラが言《こと》葉《ば》を話《はな》せたらいいのに！　きっとすてきなことをいっぱい話《はな》してくれるわ。ねえ、ピンクって世《せ》界《かい》で一《いち》番《ばん》うっとりしちゃう色《いろ》だと思《おも》いません？　あたし大《だい》好《す》き！　……でもあたし、ピンクの服《ふく》は着《き》られないんです。赤《あか》毛《げ》には絶《ぜっ》対《たい》似《に》合《あ》わないもの。ねえ、子《こ》どものころは赤毛《あかげ》だったけど、大人《おとな》になったらちがう色《いろ》になった人《ひと》、だれか知《し》りませんか？」

「一人《ひとり》も知《し》らないね。あんたも、そうなりそうもないわね。」

マリラにぴしゃりと言《い》われて、アンはかたを落《お》とした。

「ああ、また望《のぞ》みがひとつ消《き》えたわ。あたしの人生《じんせい》は、〝うずもれた希望《きぼう》の墓場《はかば》〟なんです……。これ、いつか本《ほん》で読《よ》んだんですけど、あたし、がっかりするたびに自《じ》分《ぶん》にそう言《い》い聞《き》かせてなぐさめているんです。」

「どうしてそれがなぐさめになるんだい？」

「だってすごくロマンチックですもの。自分《じぶん》が小説《しょうせつ》の主人公《しゅじんこう》になった気《き》がするんで

す。あの、スペンサーさんの家《いえ》まであとどのくらいあるんですか。」

「ホワイト・サンドだから、うちから五《ご》マイル*よ。その間《あいだ》、意味《いみ》のないことばかりしゃべってないで自分《じぶん》のことを話《はな》してごらん。」

「あたしのことより、あたしが想像《そうぞう》した人生《じんせい》のほうがおもしろいと思《おも》いますけど。」

「想像《そうぞう》はけっこう。事実《じじつ》が知《し》りたいの。あんたはどこで生《う》まれて、今《いま》いくつなの？」

アンはあきらめ顔《がお》で話《はな》し始《はじ》めた。

「あたしはボーリングブロークの町《まち》で生《う》まれました。三月《さんがつ》で十一歳《じゅういっさい》になりました。父《ちち》はウォルターっていって高校《こうこう》の先生《せんせい》でした。母《はは》の名前《なまえ》はバーサで、同《おな》じ学校《がっこう》の先《せん》生《せい》だったんですけど、結婚《けっこん》して仕事《しごと》をやめたんです。母《はは》は、あたしがまだ三《さん》か月《げつ》のときに熱病《ねつびょう》で死《し》にました。父《ちち》も同《おな》じ熱病《ねつびょう》で、母《はは》の四日後《よっかご》に死《し》んだんです。残《のこ》されたあたしはガリガリのちっともかわいくない赤《あか》んぼうで、だれも欲《ほ》しがらなかったんですけど、近所《きんじょ》に住《す》んでたトーマスのおばさんが引《ひ》き取《と》ることになったんです。」


*マイル……長《なが》さの単位《たんい》。1マイル=約《やく》1.6キロメートル。5マイルは約《やく》8キロメートル。

アンは小《ちい》さくため息《いき》をついて話《はなし》を続《つづ》けた。

「トーマスさんの家《いえ》には、あたしより小《ちい》さい子《こ》が四人《よにん》いて、あたしはその子《こ》たちの世話《せわ》をしていました。八歳《はっさい》まで一緒《いっしょ》に暮《く》らしてたんですけど、おじさんが汽車《きしゃ》にひかれて亡《な》くなってしまって。それからみんな、おじさんのお母《かあ》さんの家《いえ》で暮《く》らすことになったんですけど、あたしはだめだって……。そしたらハモンドのおばさんが、あたしの子守《こも》りのうでを見込《みこ》んで引《ひ》き取《と》るって。おばさんは子《こ》どもが八人《はちにん》もいたんです。ふたごが三組《さんくみ》も生《う》まれて……。あたし、赤《あか》ちゃんは好《す》きだけど大変《たいへん》でした。ハモンドさんの家《いえ》にいたのは二年《にねん》ぐらい。おじさんが亡《な》くなって、子《こ》どもたちは親《しん》せき中《じゅう》に散《ち》らばって、あたしは孤児院《こじいん》に行《い》くしかなかったんです。」

「そう……。学校《がっこう》へ行《い》ったことはあるの？」

「あんまり。でも、孤児院《こじいん》にいた間《あいだ》は行《い》っていました。本《ほん》はけっこう読《よ》めるし、詩《し》はたくさん暗唱《あんしょう》*できます。」

*暗唱《あんしょう》……暗記《あんき》した文章《ぶんしょう》を声《こえ》に出《だ》してとなえること。

「トーマスのおばさんやハモンドのおばさんは、あんたによくしてくれたかい？」

「ええと……。優《やさ》しくしてやろうって気持《きも》ちはあったと思《おも》うんです。でも、おばさんたちはいろいろ大変《たいへん》だったから……。トーマスさんは大酒飲《おおざけの》みだったし、ハモンドのおばさんだってふたごを三回《さんかい》も産《う》んだんですもの。いつも優《やさ》しくしてくれたわけじゃないけど、優《やさ》しくしようって気持《きも》ちはあったと、あたしは思《おも》います。」

馬車《ばしゃ》は海岸沿《かいがんぞ》いの道《みち》を走《はし》っていた。きらめく海《うみ》に見《み》とれているアンに、マリラはそれ以上何《いじょうなに》も聞《き》かなかった。この子《こ》はなんてさびしい生活《せいかつ》をしてきたんだろう。だれにもかまってもらえず、ただ働《はたら》くだけの毎日《まいにち》だったのだ。

そう思《おも》っていると、アンがたずねてきた。

「あの大《おお》きな家《いえ》はなんですか。」

「ホテルよ。夏《なつ》になるとずいぶんにぎやかなの。」

「あたし、スペンサーさんの家《いえ》かと思《おも》ったわ。……スペンサーさんのところになんて、着《つ》かなければいいのに。」

マリラ、心《こころ》を決《き》める

スペンサー家《け》は、入《い》りえに建《た》つ大《おお》きな黄色《きいろ》い家《いえ》だ。突然《とつぜん》訪《たず》ねてきたマリラとアンを、スペンサー夫人《ふじん》は笑顔《えがお》でむかえた。

「ようこそカスバートさん。馬《うま》をおつなぎになるわよね？　アン、あなたは元気《げんき》？」

「まあまあです。」

そう答《こた》えたアンの顔《かお》に笑《え》みはなかった。マリラはさっそく話《はなし》を切《き》りだした。

「実《じつ》は奥《おく》さん、何《なに》か手《て》ちがいがあったようで。わたしたちは男《おとこ》の子《こ》を引《ひ》き取《と》りたいと、弟《おとうと》さんのロバートさんにことづけをたのんだんですがね。」

「まあ、そうなんですか！　ロバートは娘《むすめ》のナンシーをよこして、女《おんな》の子《こ》が欲《ほ》しいって……。きっとナンシーがまちがえたんだわ。あの子《こ》ったら本当《ほんとう》にうっかりしていて、わたしも何度《なんど》もしかってるんです。申《もう》し訳《わけ》ないことをしました。」

「いいえ、わたしたちが直接《ちょくせつ》奥《おく》さんにお伝《つた》えすればよかったんですわ。それで、この子《こ》をまた孤児院《こじいん》に引《ひ》き取《と》ってもらうことはできますわよね？」

「それは大丈夫《だいじょうぶ》でしょうけど……。でも、その必要《ひつよう》はないと思《おも》いますわ。」

スペンサー夫人《ふじん》は少《すこ》し考《かんが》えてから続《つづ》けた。

「昨日《きのう》、ブリューエットの奥《おく》さんがいらっしゃってね、子守《こも》りの女《おんな》の子《こ》が欲《ほ》しいって話《はな》してらしたのよ。あそこは大家族《だいかぞく》だから。」

ブリューエット夫人《ふじん》と聞《き》いて、マリラはこれまで耳《みみ》にしたうわさを思《おも》い出《だ》した。

ブリューエット家《け》では、今《いま》までに何人《なんにん》ものお手伝《てつだ》いの子《こ》が首《くび》になっているという。そしてその子《こ》たちの話《はなし》によると、ブリューエット夫人《ふじん》は意地悪《いじわる》で、ブリューエット家《け》の子《こ》どもたちは生意気《なまいき》でけんかばかりしているらしい。

どうしたものかとマリラが思《おも》っていると、スペンサー夫人《ふじん》がうれしそうに声《こえ》をあげた。

「あら、まあちょうどよかったこと！」

視線《しせん》の先《さき》には、気難《きむずか》しい顔《かお》をしたブリューエット夫人《ふじん》がこちらに向《む》かって歩《ある》いてくるのが見《み》えた。

スペンサー夫人《ふじん》は、マリラとアン、そしてブリューエット夫人《ふじん》を応接間《おうせつま》に案内《あんない》した。大人《おとな》たちはテーブルを囲《かこ》んで向《む》かい合《あ》い、アンは部屋《へや》のすみの長《なが》いすに座《すわ》らされた。

アンはひざの上《うえ》で手《て》をにぎりしめ、ブリューエット夫人《ふじん》を見《み》つめていた。

（あたし、こんな意地悪《いじわる》そうな人《ひと》のところに行《い》かされるの？）

アンが涙《なみだ》をこらえていることなど、まったく気《き》づかないようすで、スペンサー夫《ふ》人《じん》はにこやかに事情《じじょう》を説明《せつめい》した。

「それでね、奥《おく》さまのお手伝《てつだ》いに、この子《こ》がちょうどいいと思《おも》うんですけれど。」

ブリューエット夫人《ふじん》はアンをじろりと見《み》た。

「年《とし》はいくつ？　名前《なまえ》は？」

「アン・シャーリー、十一歳《じゅういっさい》です。」

「やせてるけど、がんじょうそうじゃないの。食《た》べさせてやる分《ぶん》だけは働《はたら》いてもらうからね。ミス・カスバート、よければ今《いま》すぐ連《つ》れて帰《かえ》りますがね。」

マリラはアンを見《み》た。アンは、血《ち》の気《け》が引《ひ》いた真《ま》っ白《しろ》な顔《かお》をしていた。

「そうねえ……。マシューもわたしも絶対《ぜったい》に引《ひ》き取《と》らないと決《き》めたわけでもないんです。とにかくどこで手《て》ちがいがあったか知《し》りたくて来《き》たんですよ。もう一度《いちど》連《つ》れて帰《かえ》って、マシューと相談《そうだん》することにしてもよろしいかしら？」

「よろしいも何《なに》も、あなたがそう言《い》うなら、そうするしかないでしょう。」

ブリューエット夫人《ふじん》はいらだたしそうに答《こた》えた。

聞《き》いていたアンの顔《かお》には赤《あか》みが戻《もど》り、ひとみは夜明《よあ》けの空《そら》の明星《みょうじょう》のようにかがやいていた。

グリーン・ゲイブルズに帰《かえ》ると、マリラはアンを家《いえ》に入《はい》らせ、裏庭《うらにわ》でマシューと牛《うし》の乳《ちち》をしぼりながらスペンサー家《け》でのできごとを話《はな》して聞《き》かせた。するとマシューはめずらしく強《つよ》い口調《くちょう》で言《い》った。

「ブリューエットの家《いえ》になんか、子犬一匹《こいぬいっぴき》だってやりたくないね！」

「わたしもあの人《ひと》は好《す》きじゃないわ。マシューはアンを引《ひ》き取《と》りたいんでしょう？

わたしも……どういうわけか、そうするしかないような気《き》がするのよ。子《こ》どもなんて育《そだ》てたこともないし、どうなるかわからないけど。」

「きっとそんな気《き》になってくれると思《おも》ってたよ。あの子《こ》はかわいいし、おもしろい子《こ》だろう？」

ふだんとは別人《べつじん》のようにマシューの笑顔《えがお》がかがやき、声《こえ》がはずんでいる。

「わたしはおもしろい子《こ》より、役《やく》に立《た》つ子《こ》がいいんですけどね！　まあ、なんとかしつけてみます。マシューは口出《くちだ》ししないでね。結婚《けっこん》も子育《こそだ》てもしていないわたしには難《むずか》しいだろうけど、口《くち》をはさむのは、わたしが失敗《しっぱい》してからにしてちょうだい。」

「好《す》きにしていいよ。ただ、あまやかさない程度《ていど》に、優《やさ》しくしてやっておくれ。」

すっかり父親《ちちおや》のようなことを言《い》うマシューに、マリラはあきれていた。そして、この家《いえ》で引《ひ》き取《と》ることにしたと、今夜《こんや》はアンに話《はな》さずにおこうと思《おも》った。そんなことを言《い》えば、あの感激屋《かんげきや》は今晩《こんばん》、ねむれなくなるに決《き》まっている。

しぼった牛乳《ぎゅうにゅう》を、クリームを作《つく》る機械《きかい》に流《なが》し入《い》れながらマリラは思《おも》った。

(わたしが女《おんな》の子《こ》を育《そだ》てるなんて考《かんが》えてもみなかった。どうなることやら……。)

本箱《ほんばこ》の女《おんな》の子《こ》

マリラはあれこれと考《かんが》えて、翌日《よくじつ》の午後《ごご》まではアンに、グリーン・ゲイブルズにいさせることに決《き》めたと話《はな》さないことにした。

午前中《ごぜんちゅう》はアンに手伝《てつだ》いをさせ、仕事《しごと》ぶりを見《み》てみると、まじめで覚《おぼ》えが早《はや》いことがわかった。だが大《おお》きな欠点《けってん》もあった。アンは空想《くうそう》にふけり始《はじ》めると、しかられるか大失敗《だいしっぱい》をしておどろくまで、たのまれたことをすっかり忘《わす》れてしまうのだ。

昼《ひる》ごはんのあと、窓辺《まどべ》で編《あ》みものをするマリラのところにアンがやってきた。

「お願《ねが》いです。あたしはここに置《お》いてもらえるのかどうか、教《おし》えてくれませんか。朝《あさ》もずっとがまんしていたんですけど、もうたえられません。」

アンのほおは赤《あか》く、にぎりしめた両手《りょうて》はふるえていた。
「ふきんを消毒《しょうどく》しなさいと言《い》ったでしょう。それをすませてきなさい。」
マリラが冷静《れいせい》に言《い》うと、アンは台所《だいどころ》に行《い》ってふきんを熱湯《ねっとう》で消毒《しょうどく》した。そしてすぐにもどってると、すがるような目《め》でマリラを見《み》つめた。

「いいわ。そろそろ教《おし》えてあげましょう。わたしたちは、あんたをうちに置《お》くことに決《き》めました。そのかわりいい子《こ》にして言《い》うことをよく聞《き》……。」
マリラはおどろき、最後《さいご》まで言《い》い終《お》えることができなかった。アンの大《おお》きなひとみからぽろぽろと涙《なみだ》がこぼれていたのだ。

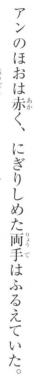

「あたし、すごくうれしいわ。ううん、そんな言葉《ことば》じゃ足《た》りない。うれしいなんて言葉《ことば》より、ずっとずっとうれしい！　あたし、いい子《こ》になるようがんばります。だけどあたし、こんなに幸《しあわ》せなのにどうして泣《な》いてるのかしら？」

「興奮《こうふん》しすぎなのよ。座《すわ》って落《お》ち着《つ》きなさい。とにかく、あんたはこれからうちの子《こ》です。わたしたちもできるだけのことをするつもりよ。学校《がっこう》へも行《い》かなくちゃね。あと二週間《にしゅうかん》で夏休《なつやす》みになるから、九月《くがつ》の新学期《しんがっき》まで待《ま》ったほうがいいでしょう。」

「あの、これから何《なん》てお呼《よ》びしたらいいですか？　ミス・カスバートでいいですか？」

「いいえ、マリラと呼《よ》んでちょうだい。アボンリーの人《ひと》はみんな、わたしをマリラと呼《よ》ぶのよ。」

それからマリラはアンを食堂《しょくどう》に連《つ》れていき、お祈《いの》りの言葉《ことば》を書《か》いたカードをわたして覚《おぼ》えるように言《い》いつけた。しばらくの間《あいだ》、アンはまじめに読《よ》んでいたが、突然《とつぜん》マリラに話《はな》しかけてきた。

「マリラ。アボンリーであたしの〝腹心《ふくしん》の友《とも》〟になってくれる人《ひと》はいるかしら？」

「えっ？　何《なん》の友《とも》だって？」

「腹心《ふくしん》の友《とも》よ。親友《しんゆう》のこと。そんな子《こ》にめぐり合《あ》える日《ひ》をずっと夢見《ゆめみ》てたの。」

「ダイアナ・バリーが友《とも》だちになってくれるかもしれないわね。」

「ダイアナってどんな子《こ》ですか。赤毛《あかげ》じゃないでしょうね？　自分《じぶん》が赤毛《あかげ》なうえに、腹心《ふくしん》の友《とも》まで赤毛《あかげ》なんてたえられないわ。」

「ダイアナは髪《かみ》も目《め》も黒《くろ》いわ。きれいで、行儀《ぎょうぎ》のいい子《こ》よ。」

「わあ、うれしい！　自分《じぶん》が美人《びじん》であることの次《つぎ》にいいことは、美人《びじん》な腹心《ふくしん》の友《とも》がいることよね。トーマスさんの家《いえ》にいたころ、ガラスのとびらがついた本箱《ほんばこ》があったんです。あたし、そのガラスに映《うつ》る自分《じぶん》の姿《すがた》を、本箱《ほんばこ》のなかに住《す》んでる友《とも》だちだってことにしてたんです。ケーティー・モーリスって名前《なまえ》で、何時間《なんじかん》もお話《はなし》をして、何《なん》でも打《う》ち明《あ》けていました。ハモンドさんのところに移《うつ》るときはケーティーと別《わか》れるのがつらくて胸《むね》がはりさけそうだったわ。ケーティーも悲《かな》しかったみたい。とびらごしにお別《わか》れのキスをしたとき、泣《な》いていたもの。」

「アン。わたしはお祈《いの》りを覚《おぼ》えなさいって言《い》ったのよ。わたしがそばにいるとおしゃべりをやめられないなら、自《じ》分《ぶん》の部《へ》屋《や》へ行《い》って覚《おぼ》えなさい！」

しかられたアンは二《に》階《かい》に行《い》き、すぐにお祈《いの》りの言《こと》葉《ば》を覚《おぼ》えてしまった。

「さあ、これから想《そう》像《ぞう》で、この部《へ》屋《や》をかざりたてることにしましょう。」

白《しろ》いじゅうたんや、ピンクのシルクのカーテンを想《そう》像《ぞう》しているうちに、アンは自《じ》分《ぶん》がコーディリア・フィッツジェラルド侯爵《こうしゃく》夫人《ふじん》という黒《くろ》髪《かみ》の美《び》女《じょ》のように思《おも》えてきた。

だが、鏡《かがみ》をのぞき込《こ》むと、そこにはそばかすだらけの赤《あか》毛《げ》の子《こ》がいた。

「あんたはただのグリーン・ゲイブルズのアンだわ……。でも、グリーン・ゲイブルズのアンのほうが、どこにも自分《じぶん》の家《いえ》のないアンより何万倍《なんまんばい》もいいでしょう？」

　アンは鏡《かがみ》のなかの自分《じぶん》にキスをして、窓辺《まどべ》に座《すわ》った。

「雪《ゆき》の女王様《じょおうさま》、こんにちは。ダイアナがあたしの腹心《ふくしん》の友《とも》になってくれるといいけど……。でも、ケーティーのことも忘《わす》れちゃだめだわ。本箱《ほんばこ》のなかの女《おんな》の子《こ》でも傷《きず》つけるのはいやだもの。忘《わす》れないように、毎日《まいにち》キスを送《おく》ることにしましょう。」

　アンは庭《にわ》のサクラの木《き》のほうへ投《な》げキスを送《おく》ると、ほおづえをつき、また空想《くうそう》の世界《せかい》へと入《はい》っていった。

第《だい》3章《しょう》 アボンリーの人《ひと》々《びと》

レイチェル・リンド夫人《ふじん》、あきれかえる

グリーン・ゲイブルズに来《き》て二週間《にしゅうかん》、アンは遊《あそ》びの時間《じかん》になると、果樹園《かじゅえん》や辺《あた》りの小道《こみち》を探検《たんけん》して歩《ある》き、農場《のうじょう》に続《つづ》く道《みち》は〝恋人《こいびと》たちの小道《こみち》〟と名《な》づけた。そして小《お》川《がわ》やモミの木立《こだち》、深《ふか》くてすみきった泉《いずみ》などを見《み》つけて、家《いえ》に帰《かえ》ると夢中《むちゅう》でその話《はなし》をした。この日《ひ》もアンは、夕暮《ゆうぐ》れの果樹園《かじゅえん》を気《き》の向《む》くまま歩《ある》きまわった。帰《かえ》ったらマリラに何《なに》から話《はな》そうかとわくわくしながらグリーン・ゲイブルズにもどると、お客《きゃく》さんが来《き》ていた。マリラの友《とも》だちのレイチェル・リンド夫《ふ》人《じん》だ。アンは、リンド夫《ふ》人《じん》に会《あ》うのは初《はじ》めてだった。

「まあ、この子《こ》なの。*器量《きりょう》で選《えら》んだんじゃないことだけはたしかね。」

*器量《きりょう》……顔《かお》だちや見《み》た目《め》が良《よ》いこと。

リンド夫人《ふじん》は思《おも》ったことをずけずけと口《くち》にする性格《せいかく》だった。

「あら、そばかすがこんなに！　それに髪《かみ》はニンジンみたいに真《ま》っ赤《か》！」

いきなりそんなことを言《い》われて、アンは息《いき》が止《と》まるかと思《おも》った。

「あんたなんて大《だい》きらいよ！」

アンは、そうさけんでゆかをふみならした。

「大《だい》きらい！　大《だい》きらい！　あんたみたいな失礼《しつれい》な人《ひと》、見《み》たことないわ！」

「アン！」

マリラがさけんだが、アンをとめることはできなかった。アンはこぶしをにぎりしめ、燃《も》えるような目《め》でリンド夫人《ふじん》をにらんで言《い》った。

「いきなりみにくいなんて言《い》われたらどんな気《き》がすると思《おも》う？　知《し》らない人《ひと》から、あんたなんて太《ふと》っちょで、想像力《そうぞうりょく》のかけらもないって言《い》われたら、どんな気《き》がする？　絶対《ぜったい》に許《ゆる》さないから！　絶対《ぜったい》！　絶対許《ぜったいゆる》さない！」

「アン、部屋《へや》に行《い》って、わたしが行《い》くまで待《ま》ってなさい。」

マリラが言《い》うと、アンはわっと泣《な》き出《だ》し、二階《にかい》へかけあがっていった。

「やれやれ。あんな子《こ》を育《そだ》てるなんて大変《たいへん》ね、マリラ。」

「……レイチェル、器量《きりょう》のことをなじったのはよくないわ。もちろんあの子《こ》には、あとでよくお説教《せっきょう》をしておきます。でもさっきのは少《すこ》し言《い》いすぎだわ。」

「あら、わたし、これからは言葉《ことば》に気《き》をつけないといけないようね。いいえ、おこってるわけじゃないの。ただ、当分《とうぶん》こちらには顔《かお》を出《だ》さないつもりです。あんな子《こ》どもにどなりつけられるなんて、生《う》まれて初《はじ》めてだわ。」

そう言《い》って、リンド夫人《ふじん》はさっさと帰《かえ》っていった。

マリラが二階《にかい》に行《い》くと、アンはベッドにつっぷして泣《な》きじゃくっていた。

「アン。ベッドから下《お》りて、話《はなし》を聞《き》きなさい。」

アンは起《お》きあがっていすに座《すわ》った。顔《かお》は涙《なみだ》でぐしゃぐしゃだった。

「あんなことをしてはずかしくないの？」

「あたしのこと、赤毛《あかげ》でみにくいなんて言《い》う権利《けんり》はあの人《ひと》にはないわ。」

「あんただって、あんなひどい口《くち》のきき方《かた》をする権利《けんり》はないわよ。」

「だけど、面《めん》と向《む》かってあんなこと言《い》われたらどんな気《き》がするか考《かんが》えてみて。」

アンは涙声《なみだごえ》でうったえた。

「アン。レイチェルはたしかに言《い》いすぎたわ。でも、だからと言《い》って、お客《きゃく》さまにあんな態度《たいど》をとっていいことにはならないのよ。これからお宅《たく》へうかがって、許《ゆる》してくださいと、謝《あやま》ってらっしゃい。」

「そんなこと絶対《ぜったい》できない！　ほかにどんな罰《ばつ》をあたえられてもいいわ。でも、あの人《ひと》に許《ゆる》してくださいなんて、どうしても言《い》えない。」

「いいえ。必《かなら》ず謝《あやま》ってもらいます。その気《き》になるまで部屋《へや》から出《だ》しませんよ。」

「だったらあたし、一生《いっしょう》出《だ》してもらえないわ。」

「ひと晩《ばん》よく考《かんが》えて、反省《はんせい》することね。」

そう言《い》い残《のこ》して、マリラは台所《だいどころ》へ下《お》りていった。

アンの謝罪《しゃざい》

次《つぎ》の日《ひ》になっても、アンは強情《ごうじょう》を張《は》って部屋《へや》から出《で》てこなかった。食事《しょくじ》はマリラが部屋《へや》に運《はこ》んでいったが、アンはほとんど手《て》をつけなかった。

マシューはアンのことが心配《しんぱい》でたまらず、夕方《ゆうがた》、マリラに気《き》づかれないようにアンの部屋《へや》に上《あ》がった。

「アン、調子《ちょうし》はどうだい？」

「まああよ。空想《くうそう》して時間《じかん》をつぶしているの。」

弱々《よわよわ》しい笑《え》みをうかべたアンに、マシューは小声《こごえ》で言《い》った。

「いや、その……なあ、アン。マリラはこうと決《き》めたら絶対《ぜったい》にゆずらないんだ。この際《さい》、さっさとすませたほうがよかないかね。」

「リンドのおばさんに謝《あやま》れってこと？」

「そうだ。その、なんというか、適当《てきとう》に丸《まる》くおさめろってことだよ。」

「あたし、マシューのためならできそうだわ。本当《ほんとう》はね、今朝《けさ》になったらもう腹《はら》が立《た》ってなかったの。自分《じぶん》がはずかしくて。でも謝《あやま》りにいくなんて、できないと思《おも》って……。だけどマシューのためならできる。本当《ほんとう》にそうしてほしいって言《い》うなら。」

「もちろんそうしてほしいよ。アンがいないもんだから下《した》はさびしくてかなわん。」

「わかったわ。マリラに謝《あやま》りにいくって言《い》う。」

「でもな、マリラにはわしが何《なに》か言《い》ったなんて言《い》うんじゃないよ。」

「大丈夫《だいじょうぶ》。絶対《ぜったい》に言《い》わないわ。」

その後《ご》、アンはマリラといっしょにリンド夫人《ふじん》の家《いえ》に出《で》かけた。夕暮《ゆうぐ》れの道《みち》を歩《ある》いている間《あいだ》、アンがどこかうきうきしているように見《み》えて、マリラはとまどった。ところがいざリンド夫人《ふじん》に会《あ》うやいなや、アンは悲《かな》しげな顔《かお》でひざまずいた。

「ああ、おばさま、本当《ほんとう》にごめんなさい。辞書《じしょ》を一冊《いっさつ》使《つか》いきってもあたしの罪《つみ》は言《い》いつくせません。

あたしは本当《ほんとう》にひどいことをしました。その上《うえ》、あたしが男《おとこ》の子《こ》でないのに引《ひ》き取《と》ってくれた心優《こころやさ》しいマシューとマリラの顔《かお》にどろをぬってしまいました。おばさまが本当《ほんとう》のことをおっしゃったからと言《い》って、あんなかんしゃく*をおこすなんて、本当《ほんとう》に悪《わる》かったと思《おも》っています。おばさまがおっしゃったことは全部事実《ぜんぶじじつ》です。ああ、おばさま、どうかあたしをお許《ゆる》しください。」

おどろいて見《み》ていたマリラは、あることに気《き》づいた。アンは今《いま》、楽《たの》しんでいるのだ。こんな状況《じょうきょう》にいることを、悲《かな》しい物語《ものがたり》の主人公《しゅじんこう》になったような気分《きぶん》で楽《たの》しんでいる。罰《ばつ》をあたえたはずだったのにどうしてこうなってしまったのだろう？

だがリンド夫人《ふじん》のほうはそんなことにはまったく気《き》づいていなかった。

「さあ、もういいから立《た》ちなさい。わたしのほうも少《すこ》し言《い》いすぎたんだからね。」

無事《ぶじ》に謝罪《しゃざい》を終《お》えた帰《かえ》り道《みち》、アンは得意《とくい》そうに言《い》った。

*かんしゃく……感情《かんじょう》をおさえきれず、激《はげ》しくおこりだすこと。

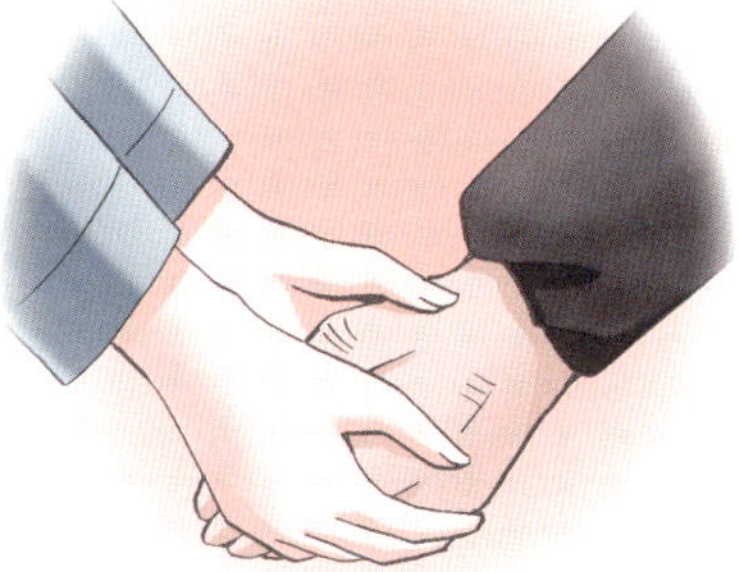

「上手《じょうず》に謝《あやま》ったでしょう？　どうせなら徹底的《てっていてき》に謝《あやま》ろうと思《おも》ったのよ。」

「たしかに徹底的《てっていてき》だったわね。だけど、この先《さき》はあんな風《ふう》に謝《あやま》ることがないように、かんしゃくを起《お》こさないことね。」

グリーン・ゲイブルズに続《つづ》く小道《こみち》まで来《く》ると、アンはマリラに寄《よ》りそい、家事《かじ》や畑仕事《はたけしごと》でかさかさになった手《て》をにぎった。

「あそこが自分《じぶん》のうちなんだって思《おも》いながら帰《かえ》るのってすてきね。あたし、もうグリーン・ゲイブルズが大好《だいす》きになっちゃった。」

アンの小《ちい》さな手《て》にふれていると、マリラの心《こころ》に何《なに》かあたたかくて心地《ここち》よいものが満《み》ちてきた。思《おも》いがけないことにマリラはおどろき、いつもの自分《じぶん》をとりもどそうと、

アンにひと言《こと》お説教《せっきょう》をした。

「いい子《こ》でいれば、いつも幸《しあわ》せでいられるのよ、アン。」

おごそかなちかい

ある日《ひ》、マリラがアンに言《い》った。

「バリーさんのお宅《たく》にスカートの型紙《かたがみ》を借《か》りにいくんだけど、よかったらアンも来《き》てダイアナに会《あ》ってみない？」

アンは、バリー家《け》には自分《じぶん》と同《おな》い年《どし》の女《おんな》の子《こ》がいると前《まえ》から聞《き》いていた。

「あたしこわい。その子《こ》があたしを気《き》に入《い》ってくれなかったらどうしよう！」

「大丈夫《だいじょうぶ》。ダイアナは多分《たぶん》、あんたを気《き》に入《い》るわ。問題《もんだい》はお母《かあ》さんのほうよ。バリーさんはしつけに厳《きび》しいって評判《ひょうばん》なんだから、行儀《ぎょうぎ》よくするのよ。」

二人《ふたり》が訪《たず》ねていくとバリー夫人《ふじん》は愛想《あいそ》よく出《で》むかえてくれた。バリー夫人《ふじん》は背《せ》が高《たか》くて目《め》も髪《かみ》も黒《くろ》く、引《ひ》きしまった口《くち》もとに意志《いし》の強《つよ》さが感《かん》じられる女性《じょせい》だった。

「どうぞお入《はい》りになって。あら、こちらが引《ひ》き取《と》ったという女《おんな》の子《こ》ね？」

「ええ、アン・シャーリーと言《い》いますの。」

マリラが言《い》うと、アンがつけたした。

「つづりは、e《イー》がついてるんです。」

アンは緊張《きんちょう》してふるえていたが、大事《だいじ》なことなので伝《つた》えておきたかった。

なかに入《はい》ると、ダイアナはソファーで本《ほん》を読《よ》んでいた。母親《ははおや》ゆずりの黒髪《くろかみ》と黒《くろ》いひとみで、バラ色《いろ》のほおのきれいな女《おんな》の子《こ》だった。

「ダイアナ、アンにお庭《にわ》を案内《あんない》して、お花《はな》を見《み》せてあげなさい。」

バリー家《け》の庭《にわ》は花々《はなばな》の楽園《らくえん》だった。色《いろ》とりどりの花《はな》がさきほこっていたが、今《いま》の

アンにはそれを楽《たの》しむ余裕《よゆう》はなく、ユリのしげみをはさんではずかしそうにダイアナと向《む》き合《あ》った。

「ダイアナ……あたしのこと、少《すこ》しは好《す》きになれると思《おも》う？　腹心《ふくしん》の友《とも》になれるかしら？」

「大丈夫《だいじょうぶ》だと思《おも》うわ。」

ダイアナはあっさりと言《い》った。

「アンがグリーン・ゲイブルズに来《き》てくれて、あたしすごくうれしいの。遊《あそ》び相手《あいて》がいたら楽《たの》しいじゃない？　今《いま》まで近所《きんじょ》に遊《あそ》べるような子《こ》は一人《ひとり》もいなかったの。妹《いもうと》は小《ちい》さすぎて相手《あいて》にならないし。」

「じゃあ、とこしえ*にあたしの友《とも》だちになるって、ちかってくれる？」

「それって、どうやるの？」

「まずはこうやって手《て》をつなぐの。あたしが最初《さいしょ》にちかいの言葉《ことば》をとなえるわ。『わ

*とこしえ……いつまでもかわらずに続《つづ》くこと。

たしは太陽《たいよう》と月《つき》が存在《そんざい》する限《かぎ》り、わが腹心《ふくしん》の友《とも》、ダイアナ・バリーに忠誠《ちゅうせい》*をつくすことをおごそかにちかいます。』さあ、今度《こんど》はダイアナの番《ばん》よ。」

ダイアナは楽《たの》しそうに笑《わら》ってから、ちかいの言葉《ことば》をとなえた。

「うわさには聞《き》いてたけど、あなた本《ほん》当《とう》に変《か》わってるのね。でもあたし、アンが大好《だいす》きになりそうよ。」

バリー家《け》からの帰《かえ》り道《みち》、アンはマリラにダイアナのことを話《はな》し続《つづ》けた。ダイアナに本《ほん》を借《か》りる約束《やくそく》をしたこと。

*忠誠《ちゅうせい》……大切《たいせつ》な相手《あいて》に対《たい》して、真心《まごころ》をもってつくすこと。

身長《しんちょう》はアンが一《いち》*1インチ高《たか》いけれど、体重《たいじゅう》はダイアナのほうが重《おも》いこと。いつか二人《ふたり》で海岸《かいがん》に行《い》って、貝《かい》がらを集《あつ》めようと話《はな》したこと。

「やれやれ。とにかく、しゃべりすぎてダイアナをちっ息《そく》させないことね。それから、忘《わす》れないでもらいたいんだけどね、あんたは一日中《いちにちじゅう》遊《あそ》んでいられるわけじゃないの。うちでやらなくちゃいけない仕事《しごと》がたくさんあるでしょう？」

それでもアンは、有頂天《うちょうてん》*2だった。

夜《よる》、アンが自分《じぶん》の部屋《へや》に行《い》ってからマリラはマシューに言《い》った。

「アンが来《き》てからまだ三週間《さんしゅうかん》しかたっていないのに、なんだかずっと前《まえ》からいたような気《き》がするわ。あの子《こ》をうちに置《お》こうって言《い》ったマシューが正《ただ》しかったようね。あの子《こ》のいないグリーン・ゲイブルズなんて、もう想像《そうぞう》できない……。どうやらわたしも、あの子《こ》が好《す》きになってきたみたいね。」

*1 インチ……長《なが》さの単位《たんい》。1インチ=25.4ミリメートル。
*2 有頂天《うちょうてん》……喜《よろこ》びで舞《ま》いあがること。

待《ま》ちこがれる楽《たの》しみ

八月《はちがつ》の暑《あつ》い日《ひ》、外《そと》で遊《あそ》んでいたアンは、家《いえ》にもどると息《いき》をはずませて言《い》った。

「ああ、マリラ！　来週《らいしゅう》、日曜学校《にちようがっこう》のピクニックがあるんですって！」

アンは少《すこ》し前《まえ》から教会《きょうかい》の日曜学校《にちようがっこう》に行《い》っていた。毎週日曜《まいしゅうにちよう》に子《こ》どもたちが集《あつ》まって、聖書《せいしょ》の勉強《べんきょう》をしたり、＊讃美歌《さんびか》を歌《うた》ったりするのだ。

「リンドのおばさんがアイスクリームをつくってくださるって！　ねえ、あたしも行《い》ってもいい？」

「その前《まえ》に時計《とけい》を見《み》てごらん。あたしが帰《かえ》るように言《い》った時間《じかん》を四十五分《よんじゅうごふん》も過《す》ぎてるよ。」

「ごめんなさい。あたし、ダイアナとおままごとをしてたの。それに、マシューにもピクニックのことを話《はな》さなくちゃいけなかったし。」

「約束《やくそく》の時間《じかん》はきちんと守《まも》ること。それからピクニックだけど、もちろん行《い》ってい

＊讃美歌《さんびか》……キリスト教《きょう》の教会《きょうかい》などで歌《うた》われる、神《かみ》をたたえる歌《うた》のこと。

いわよ。あんたも日曜学校《にちようがっこう》の生徒《せいと》なんだから。」

「ああ、マリラ！」

アンは感激《かんげき》してマリラに飛《と》びつき、ほおにキスをした。

マリラはまた、リンド夫人《ふじん》の家《いえ》に謝罪《しゃざい》に行《い》った日《ひ》の帰《かえ》り道《みち》、アンと手《て》をつないだときに感《かん》じたあのあまい気持《きも》ちがよみがえってきた。けれど、マリラは厳《きび》しく言《い》ってみせた。

「遊《あそ》びから帰《かえ》ったら裁縫《さいほう》をする約束《やくそく》だったでしょう？　早《はや》く始《はじ》めなさい。」

アンはしぶしぶパッチワークを始《はじ》めたが、頭《あたま》のなかは、ピクニック一色《いっしょく》になっていた。

第《だい》4章《しょう》 波乱《はらん》の日々《ひび》

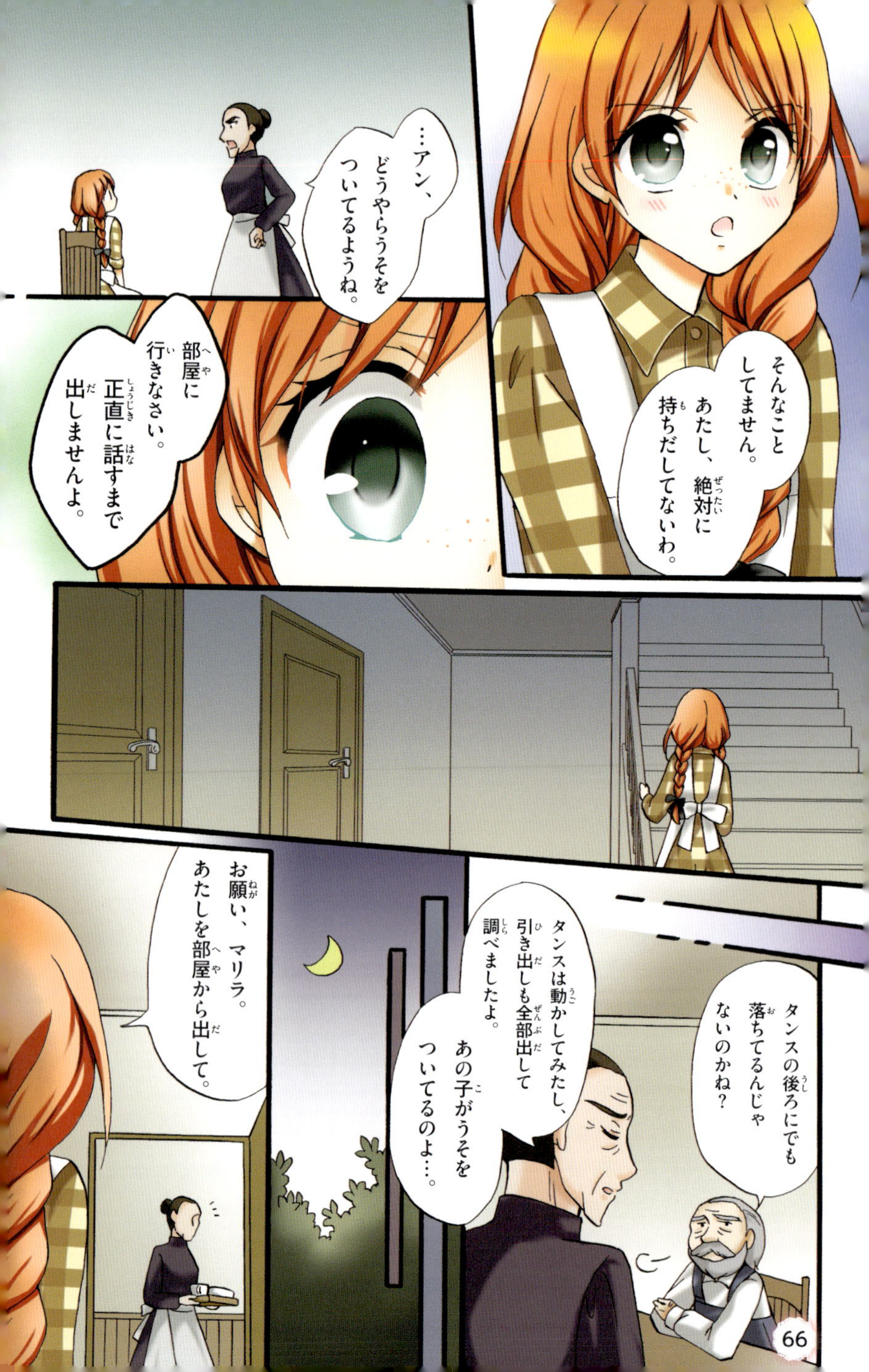
…アン、どうやらうそをついてるようね。
そんなことしてません。あたし、絶対《ぜったい》に持《も》ちだしてないわ。
部屋《へや》に行《い》きなさい。正直《しょうじき》に話《はな》すまで出《だ》しませんよ。
タンスの後《うし》ろにでも落《お》ちてるんじゃないのかね？
タンスは動《うご》かしてみたし、引《ひ》き出《だ》しも全部《ぜんぶ》出《だ》して調《しら》べましたよ。
あの子《こ》がうそをついてるのよ…。
お願《ねが》い、マリラ。あたしを部屋《へや》から出《だ》して。

明日《あした》はピクニックなのよ！明日《あした》の午後《ごご》、ちょっとだけでいいわ。

そのあとは好《す》きなだけ閉《と》じこめていいから。ピクニックだけはどうしても行《い》きたいの！

いいえ、告白《こくはく》しないかぎり、ピクニックにもどこにも行《い》かせません。

バタン
チュン チュン
…マリラ、告白《こくはく》するわ。

あたし、ブローチを持《も》ちだしました。胸《むね》につけてみたらすごく美《うつく》しくて、外《そと》へ出《で》かけました。

輝《かがや》きの湖水《こすい》の橋《はし》の上《うえ》でもう一度《いちど》よく見《み》たくなって外《はず》してみました。

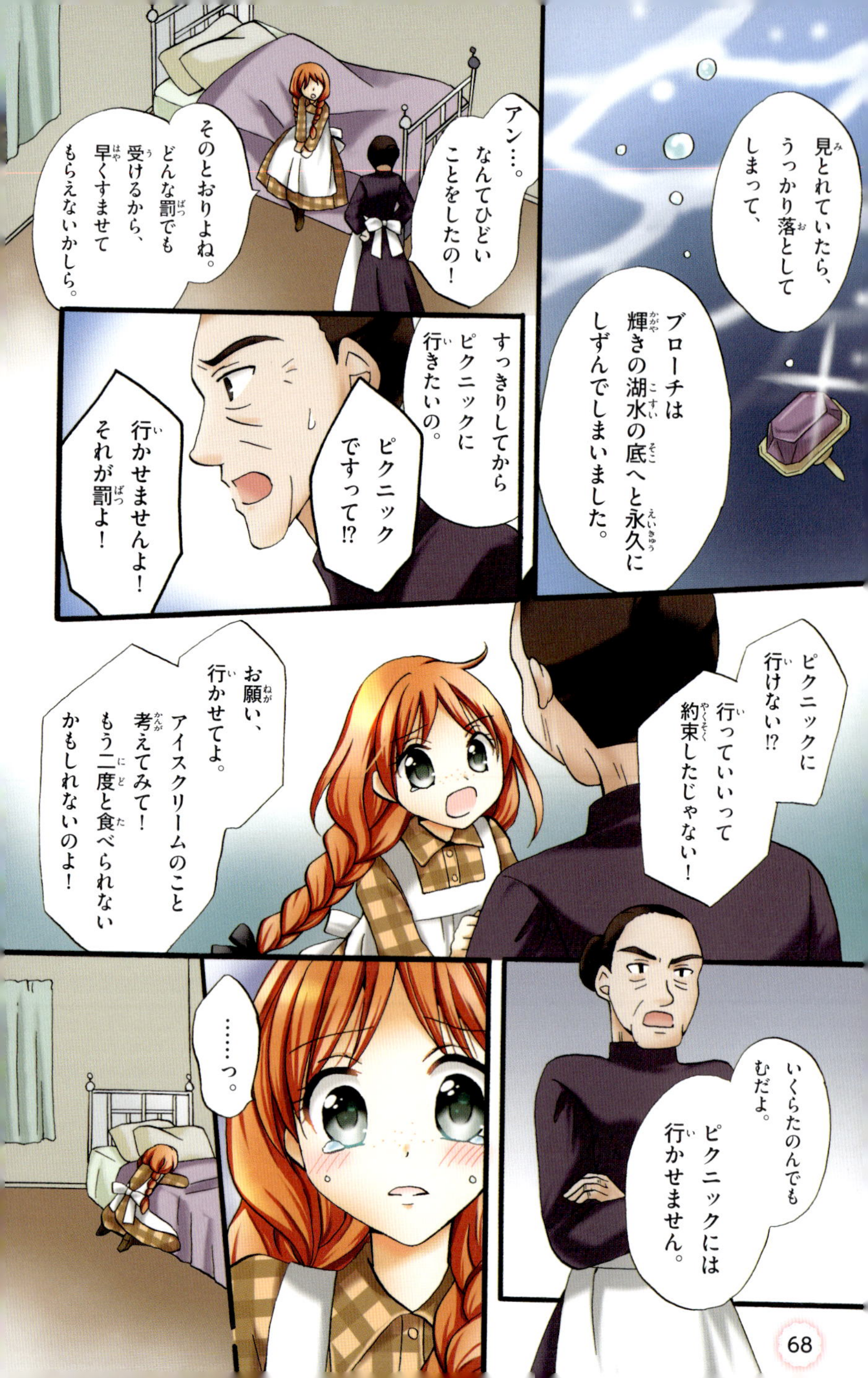
見《み》とれていたら、うっかり落《お》としてしまって、
ブローチは輝《かがや》きの湖水《こすい》の底《そこ》へと永久《えいきゅう》にしずんでしまいました。
アン…。なんてひどいことをしたの！
そのとおりよね。どんな罰《ばつ》でも受《う》けるから、早《はや》くすませてもらえないかしら。
すっきりしてからピクニックに行《い》きたいの。
ピクニックですって⁉
行《い》かせませんよ！それが罰《ばつ》よ！
ピクニックに行《い》けない⁉
行《い》っていいって約束《やくそく》したじゃない！
お願《ねが》い、行《い》かせてよ。
アイスクリームのこと考《かんが》えてみて！もう二度《にど》と食《た》べられないかもしれないのよ！
いくらたのんでもむだよ。
ピクニックには行《い》かせません。
……っ。

がさごそ
えっ…。
一体《いったい》どういうこと？
バリーの池《いけ》にしずんだんじゃ…。
はっ
パサッ
シュル
カチャ
アン、ブローチを見《み》つけたわ。
今朝《けさ》のつくり話《ばなし》は何《なん》だったの。
だって、告白《こくはく》するまで出《だ》してくれないって言《い》ったでしょ？

昨日《きのう》、寝《ね》る前《まえ》に話《はなし》を考《かん》えて、忘《わす》れないように何度《なんど》も練習《れんしゅう》したんだから。
なのにピクニックに行《い》かせてもらえないなんて、あたしの努力《どりょく》は水《みず》のあわってこと。
ぷははは
あんたって子《こ》には、本当《ほんとう》に負《ま》けるわね。
でも、わたしが悪《わる》かったわ。あんたを信《しん》じるべきだった。
もちろん、やってもないことを告白《こくはく》するのも正《ただ》しくはないけれど、
そうなったのもわたしのせいね。
アン。あんたが許《ゆる》してくれれば、わたしも許《ゆる》すから。これでおあいこにしましょ。

さあ、ピクニックの支度《したく》をなさい。
ああ、マリラ！
あたし、五分前《ごふんまえ》は生《う》まれてこなきゃよかったと思《おも》ってたけど、
今《いま》は天使《てんし》とだってかわりたくないわ！
聞《き》いて聞《き》いて、マリラ！

お茶《ちゃ》のあと、輝《かがや》きの湖水《こすい》でボートに乗《の》ったの。それからアイスクリームを食《た》べたわ。
あの味《あじ》は言葉《ことば》では言《い》い表《あらわ》せない…。まさに美味《びみ》の極《きわ》みだったわ。
ギルバートとの出会《であ》い
今日《きょう》からみなさんと一緒《いっしょ》に勉強《べんきょう》するアン・シャーリーです。
アン、君《きみ》の席《せき》はあそこだよ。
はい。
カッ
カッ

カッ
カッ
……。
ギルバート・ブライス？
そう。今日《きょう》から学校《がっこう》に来《く》るはずよ。夏《なつ》からずっと親《しん》せきの家《いえ》に行《い》ってたけど、土曜《どよう》に帰《かえ》ってきたんですって。
すっごくハンサムだけど、いつもあたしたち女《おんな》の子《こ》をからかうのよ。『ジュリアのそばかすを数《かぞ》えて九九《くく》を覚《おぼ》えた』なんて言《い》ってたわ。
そばかすの話《はなし》はやめてよ。
むす
計算《けいさん》ができた人《ひと》から見《み》せにきなさい。
こそ
あれがギルバートよ。

ぐっ
ぐっ
先生《せんせい》できまし…
クン
きゃっ。
ドサッ
ざわ
ざわ
180
42
バチッ

ツン
ムッ
ニンジン！
ニンジン！

なんて人《ひと》なの…。
ガタッ
よくもそんなひどいことを！
バリーン
ざわ
ざわ
アン・シャーリー、どういうことかね？
先生《せんせい》、ぼくが悪《わる》いんです。ぼくがからかって…。
アン・シャーリー。

今日《きょう》は一日《いちにち》、あそこに立《た》っていなさい。
待《ま》ってくれよ、アン。
髪《かみ》のことをからかって本当《ほんとう》にごめん。
許《ゆる》してくれよ。
プイ
ねえ、アン。
ギルバートは女《おんな》の子《こ》のことはみんなからかうのよ。
あたしだって髪《かみ》が黒《くろ》いからカラスだって、何度《なんど》も言《い》われたわ。
カラスと言《い》われるのとニンジンと言《い》われるのはまったくちがうわ。

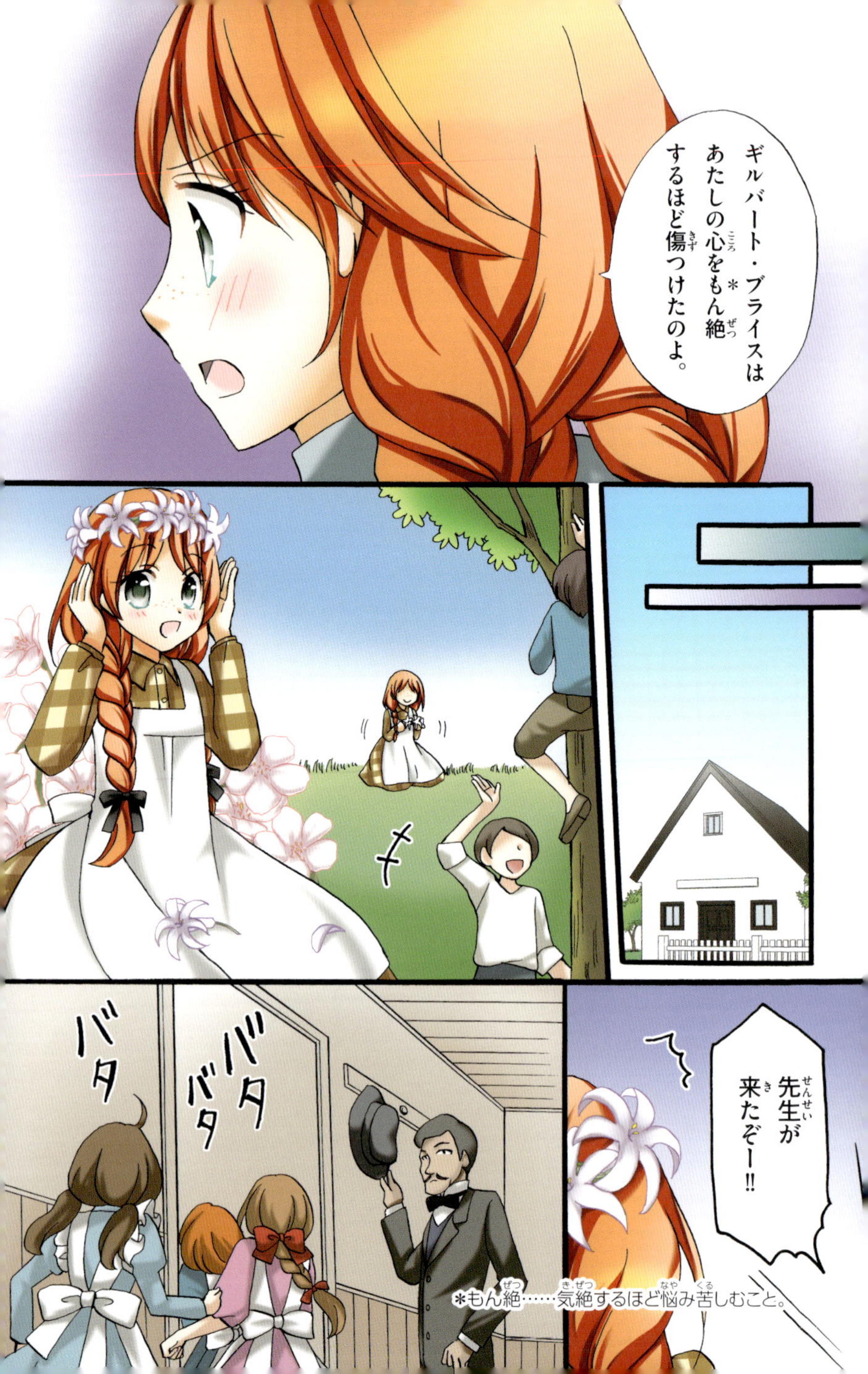

＊もん絶《ぜつ》……気絶《きぜつ》するほど悩《なや》み苦《くる》しむこと。

バタ　バタ
バタ　バタ
アン・シャーリー。君《きみ》は男《おとこ》の子《こ》のなかまに入《はい》りたいようだから、
望《のぞ》みをかなえてあげよう。
その花《はな》はとって、ギルバート・ブライスのとなりに座《すわ》りなさい。
ざわ…
すぐに言《い》われたとおりにしたまえ。
ガタッ

今日《きょう》は相談《そうだん》があって来《き》たの。

アンがもう学校《がっこう》へ行《い》きたくないって言《い》うのよ。

はぁ
どうしたらいいかしら。

そうねえ…。今度《こんど》のことは先生《せんせい》にも問題《もんだい》があるじゃないの。

ちこくの罰《ばつ》をあたえるなら、おくれて来《き》た子《こ》みんなにあたえなくちゃ。

アンが行《い》きたいと言《い》うまで待ちましょう。あの子《こ》は学校《がっこう》じゃ人気者《にんきもの》だって聞くし、そのうち行《い》く気《き》になるわよ。

そうだといいけど…。

第《だい》5章《しょう》 あなたこそ腹《ふく》心《しん》の友《とも》

ダイアナ、お茶《ちゃ》に招待《しょうたい》される

十月《じゅうがつ》の土曜日《どようび》の朝《あさ》、マリラがアンに言《い》った。

「午後《ごご》は婦人会《ふじんかい》の集《あつ》まりに出《で》かけるから、マシューの夕《ゆう》ご飯《はん》をたのむわね。それと、お茶《ちゃ》の時間《じかん》にダイアナに遊《あそ》びにきてもらうといいわ。」

「お客《きゃく》さまを招《まね》いてお茶《ちゃ》を出《だ》すなんて、大人《おとな》っぽくてすてき！　前《まえ》からやってみたかったのよ！　テーブルでお茶《ちゃ》をいれてる自分《じぶん》が目《め》にうかぶわ。あたし、ダイアナにお砂糖《さとう》を入《い》れますかって聞《き》くの。入《い》れないって知《し》ってるけど、そんなこと知《し》らないみたいに聞《き》くわ……。」

マリラは、早《はや》くもうっとりしているアンにあきれながらつけたした。

「居間《いま》の戸《と》だなに木《き》いちごのジュースがあるから、よかったらそれも飲《の》みなさい。」

アンはすぐにダイアナの家《いえ》に行《い》き、午後《ごご》にお茶《ちゃ》に来《き》てほしいとさそった。マリラが出《で》かけていくと、入《い》れちがいにダイアナがやって来《き》た。ダイアナは二番目《にばんめ》にいい服《ふく》を着《き》ており、アンも二番《にばん》にいい服《ふく》でむかえ、初対面《しょたいめん》のように握手《あくしゅ》をした。

居間《いま》で向《む》かい合《あ》ってからも二人《ふたり》は大人《おとな》っぽくふるまい続《つづ》けた。

「お母《かあ》さまはお元気《げんき》でいらっしゃいますか。」

「おかげさまで。ところでカスバートさんのお宅《たく》は、リンゴはおもぎになりました?」

そう言《い》われてアンは、マリラに言《い》われたことを思《おも》い出《だ》した。

「ねえ、果樹園《かじゅえん》に行《い》かない? 木《き》に残《のこ》ってるリンゴは全部《ぜんぶ》とっていいって!」

アンは、あっという間《ま》に大人《おとな》っぽくふるまうのを忘《わす》れてしまった。

それから二人《ふたり》は果樹園《かじゅえん》に出《で》て、もぎたてのリンゴを食《た》べながらおしゃべりをした。

アンが学校《がっこう》に来《こ》ないので、ダイアナは話《はな》したいことが山《やま》ほどたまっていた。

居間《いま》にもどると、アンはダイアナに木《き》いちごのジュースを出《だ》すことにした。マリラから聞《き》いていたとおり、戸《と》だなにビンがあった。

ダイアナはひと口《くち》飲《の》むとおどろいた顔《かお》で言《い》った。

「こんなにおいしい木《き》いちごのジュースは初《はじ》めて。アンは飲《の》まないの？」

「今《いま》はやめておくわ。リンゴを食《た》べすぎたみたい。どうぞ、好《す》きなだけ飲《の》んで。」

ダイアナは、立《た》て続《つづ》けに二《に》はいおかわりをした。

アンはそのあとも夢中《むちゅう》でおしゃべりを続《つづ》けた。

しかし、ダイアナはどんどん口数《くちかず》が減《へ》っていった。

顔《かお》が赤《あか》くなり、ふらふらと立《た》ちあがったかと思《おも》うと、すぐに座《すわ》りこんで頭《あたま》をかかえ

てしまった。

「あ、あたし……すごく気持《きも》ちが悪《わる》い。もう帰《かえ》るわ。」

「ええっ⁉　まだお茶《ちゃ》を飲《の》んでないじゃない。すぐに用意《ようい》するから待《ま》って。」

いくらアンが引《ひ》きとめても、ダイアナは帰《かえ》るとくり返《かえ》した。

「すごく目《め》がまわるの。」

仕方《しかた》なく、アンはダイアナを家《いえ》まで送《おく》っていった。ダイアナが心配《しんぱい》なのと、お茶《ちゃ》の時間《じかん》が台無《だいな》しになったのとで、アンは泣《な》きたい気分《きぶん》だった。

翌日《よくじつ》の日曜日《にちようび》はどしゃ降《ぶ》りの雨《あめ》で、アンは家《いえ》にこもっていた。月曜日《げつようび》、マリラのお使《つか》いでリンド夫人《ふじん》の家《いえ》に行《い》ったアンは、とんでもない話《はなし》を聞《き》かされた。アンがダイアナにお酒《さけ》を飲《の》ませたので、バリー夫人《ふじん》がかんかんにおこっているというのだ。

アンは泣《な》きながらマリラにこのことを伝《つた》えた。

「あたしのこと最低《さいてい》だって。二度《にど》とダイアナと遊《あそ》ばせないって！」

「アン、ダイアナに一体何《いったいなに》を飲《の》ませたの。」

「木《き》いちごのジュースだけよ。」

不思議《ふしぎ》に思《おも》ってマリラは居間《いま》の戸《と》だなのなかを調《しら》べた。すると、自家製《じかせい》のぶどう酒《しゅ》のビンがあった。ジュースは戸《と》だなではなく、地下室《ちかしつ》にしまったことを思《おも》い出《だ》した。

マリラは、アンにそのビンを見《み》せてなぐさめた。

「さあ、もう泣《な》かないで。あんたのせいじゃないんだから。」

「泣《な》かずにはいられないわ。ダイアナとあたしは永遠《えいえん》のお別《わか》れなんだもの。」

「事情《じじょう》がわかれば、バリーの奥《おく》さんだって考《かんが》え直《なお》すわよ。」

マリラはバリー家《け》に話《はな》しにいったが、帰《かえ》ってきたマリラはひどく腹《はら》を立《た》てていた。

「あんなわからず屋《や》は見《み》たことがないわ。いくらアンのせいじゃないって言《い》っても信《しん》じてくれないのよ。」

そこでアンは、自分《じぶん》で話《はなし》をしにいこうと決《き》めた。

玄関《げんかん》でアンを見《み》るなり、バリー夫人《ふじん》はこわい顔《かお》をした。

「何《なん》のご用《よう》？」

「ああ、おばさま、どうか許《ゆる》してください。ダイアナにお酒《さけ》を飲《の》ませるつもりなんてなかったんです。たった一人《ひとり》の腹心《ふくしん》の友《とも》に、そんなことをするはずがありませんわ。ダイアナと遊《あそ》んではいけないなんて、どうかおっしゃらないでください。」

両手《りょうて》をにぎりしめて涙《なみだ》ぐむ姿《すがた》も、おおげさな言葉《ことば》づかいも、バリー夫人《ふじん》をいら立《だ》たせただけだった。

「あなたみたいな子《こ》とダイアナをつき合《あ》わせるわけにはいきません。」

「だったら……ダイアナにひと目《め》会《あ》ってお別《わか》れを言《い》わせてもらえませんか。」

「ダイアナは主人《しゅじん》と出《で》かけています。」

そう言《い》ってバリー夫人《ふじん》はドアを閉《し》めてしまった。

その晩《ばん》、アンは泣《な》きながらねむりについた。

翌日《よくじつ》の午後《ごご》、台所《だいどころ》の窓辺《まどべ》でパッチワークをしていると、窓《まど》の外《そと》でダイアナが手招《てまね》きをしているのが見《み》えた。すぐにとんでいくと、ダイアナは悲《かな》しげな顔《かお》で待《ま》っていた。

「お母《かあ》さまはまだ許《ゆる》してくれないのね？」

「あたし、泣《な》いて、泣《な》いて、アンのせいじゃないって言《い》ったんだけどだめだったの。せめてお別《わか》れにいかせてってお願《ねが》いしたら、十分《じっぷん》だけだって。」

「永遠《えいえん》の別《わか》れを告《つ》げるのに十分《じっぷん》なんて短《みじか》すぎるわ。」

二人《ふたり》は手《て》をにぎり合《あ》い、これからも決《けっ》しておたがいを忘《わす》れないとちかった。

「あたし、もう腹心《ふくしん》の友《とも》はもたない。だれのこともアンのようには愛《あい》せないもの。」

ダイアナはそう言《い》って、アンを感激《かんげき》させた。

ふたたび学校《がっこう》へ

次《つぎ》の月曜日《げつようび》の朝《あさ》、アンは教科書《きょうかしょ》の入《はい》ったかごを持《も》ってマリラに言《い》った。

「学校《がっこう》に行《い》きます。あたしに残《のこ》された道《みち》はそれしかないの。学校《がっこう》に行《い》けばダイアナの姿《すがた》を見《み》て、過《す》ぎ去《さ》りし日々《ひび》に思《おも》いをはせることができるもの。」

「授業《じゅぎょう》や計算《けいさん》に思《おも》いをはせたほうがいいわよ。」

こうしてアンはまた学校《がっこう》に行《い》くようになった。友《とも》だちはみんなそれを喜《よろこ》んだ。遊《あそ》んでいても、アンの想像力《そうぞうりょく》がないとおもしろくなかったのだ。学校《がっこう》にもどったお祝《いわ》いに、おいしいプラムやきれいな花《はな》の絵《え》をくれる子《こ》もいた。

アンは優等生《ゆうとうせい》のミニー・アンドリュースのとなりに座《すわ》ることになった。昼休《ひるやす》みのあと、アンの机《つくえ》の上《うえ》にあまそうなストロベリー・アップルが置《お》いてあった。かぶりつこうと手《て》にとった瞬間《しゅんかん》、アンは、アボンリーでストロベリー・アップルがなるのは、ギルバートの家《いえ》の果樹園《かじゅえん》だけだと思《おも》い出《だ》した。

とたんにアンはストロベリー・アップルを手《て》ばなし、これ見《み》よがしにハンカチで手《て》をふいた。次《つぎ》の日《ひ》まで机《つくえ》に置《お》かれたままだったストロベリー・アップルは、教室《きょうしつ》のそうじやだんろに火《ひ》をくべる仕事《しごと》をしている少年《しょうねん》のおやつになった。そんななか、ダイアナはアンに笑《わら》いかけてくれることもなく、アンは家《いえ》に帰《かえ》ってマリラにそのことをなげいていた。

ところが次《つぎ》の日《ひ》の授業中《じゅぎょうちゅう》、折《お》りたたんだメモと小《ちい》さな包《つつ》みがアンの席《せき》に届《とど》いた。

『愛《あい》するアン

お母《かあ》さんが学校《がっこう》でもアンと遊《あそ》んだり話《はな》したりしちゃいけないって言《い》うんです。だからおこらないでください。かわらずに愛《あい》しています。アンのために赤《あか》いうす紙《がみ》でしおりをつくりました。これを見《み》るたびにわたしを思《おも》い出《だ》してください。

あなたの心《こころ》よりの友《とも》、ダイアナ・バリーより』

アンは読《よ》み終《お》えるとしおりにキスをして、すぐに返事《へんじ》を書《か》いた。

『愛《いと》しいダイアナ

もちろんおこったりしていません。わたしたちの心《こころ》が通《つう》じ合《あ》っていればいいのです。すてきなプレゼントは一生大切《いっしょうたいせつ》にします。死《し》が二人《ふたり》をわかつまで。

あなたのアン、もしくはコーディリア・シャーリーより』

アン、救《すく》いにかけつける

一月《いちがつ》、プリンスエドワード島《とう》に、カナダの首相《しゅしょう》が遊説《ゆうぜい》*にやってきた。首相《しゅしょう》が集会《しゅうかい》を開《ひら》く日《ひ》、アボンリーのほとんどの大人《おとな》は、三十《さんじゅう》マイルはなれた町《まち》へ演説《えんぜつ》を聞《き》きに出《で》かけていった。マリラもリンド夫人《ふじん》にさそわれて出《で》かけたので、その晩《ばん》、グリーン・ゲイブルズはアンとマシューの二人《ふたり》だけになった。

アンが地下室《ちかしつ》に下《お》り、お皿《さら》いっぱいにリンゴを乗《の》せて台所《だいどころ》にもどってくると、ドアがいきおいよく開《ひら》いて、青《あお》い顔《かお》をしたダイアナがとびこんできた。

「お願《ねが》い、アン、助《たす》けて！　早《はや》く来《き》て！　ミニー・メイが大変《たいへん》なの。」

ミニー・メイは三歳《さんさい》になるダイアナの妹《いもうと》だ。ダイアナの家《いえ》のお手伝《てつだ》いのメアリー・ジョーが、ミニー・メイはクループという病気《びょうき》だと言《い》っているという。

＊遊説《ゆうぜい》……政治家《せいじか》などが、自分《じぶん》の意見《いけん》を主張《しゅちょう》するため各地《かくち》を演説《えんぜつ》してまわること。

「お父《とう》さんもお母《かあ》さんも集会《しゅうかい》に出《で》かけちゃって、どうしたらいいかわからないの。」

二人《ふたり》の話《はなし》を聞《き》いていたマシューは、だまって庭《にわ》の方《ほう》に行《い》った。

「マシューはお医者《いしゃ》さんを呼《よ》びにいくために馬車《ばしゃ》の用意《ようい》をしにいったんだわ。」

「この辺《へん》のお医者《いしゃ》さんはきっとだれもいないわ。ブレア先生《せんせい》は町《まち》に行《い》ったって聞《き》いたし、スペンサー先生《せんせい》だってきっと……。」

「泣《な》かないで、ダイアナ。クループならあたしにまかせて。あたしが三組《さんくみ》のふたごの面倒《めんどう》をみたって忘《わす》れたの？　みんなしょっちゅうクループにかかってたんだから。ちょっと待《ま》ってて、クループに効《き》く薬《くすり》を持《も》ってくるわね。」

二人《ふたり》は手《て》をとりあって恋人《こいびと》たちの小道《こみち》をぬけ、ダイアナの家《いえ》へ急《いそ》いだ。

ミニー・メイは苦《くる》しそうにソファーに横《よこ》たわっていた。息《いき》も苦《くる》しそうだったが、メアリー・ジョーはおろおろしているばかりだった。アンはてきぱきと指示《しじ》をした。

「メアリー・ジョー、お湯《ゆ》をわかしてちょうだい。ダイアナはやわらかい布《ぬの》をさが

してきて。服《ふく》をぬがせてベッドにねかせるから。」

思《おも》うように息《いき》ができずにいるミニー・メイに、アンはイピカックという薬《くすり》を飲《の》ませた。ふたごたちの世《せ》話《わ》をしていたころを思《おも》い出《だ》し、スプーンですくって小《ちい》さな口《くち》に何度《なんど》も何度《なんど》も運《はこ》んだ。それでもミニー・メイの具合《ぐあい》はどんどん悪《わる》くなっていった。

このままちっ息《そく》して死《し》んでしまうかもしれない……。

そう思《おも》ってアンはこわくてたまらなかったが、ダイアナたちを心配《しんぱい》させないために口《くち》にはしなかった。ビンに残《のこ》った最後《さいご》のイピカックをすくい、ミニー・メイに飲《の》ませるとき、アンは心《こころ》のなかで思《おも》った。

これが最後《さいご》の望《のぞ》みのつな。だけど、もしかしたらだめかもしれない……。

それから三分《さんぷん》ほどすると、ミニー・メイはせきこんでたんをはいた。そのあとはだんだん具合《ぐあい》がよくなっていった。

マシューが医者《いしゃ》を連《つ》れてきたのは午前三時《ごぜんさんじ》だった。ダイアナが言《い》ったとおり、この辺《あた》りの医者《いしゃ》たちはみんな出《で》かけていて、見《み》つけるのにずいぶん手間取《てまど》ったのだ。医者《いしゃ》が着《つ》いたころにはもうミニー・メイはすやすやとねむっていた。

翌朝《よくあさ》はしもが降《お》りた。アンとマシューはバリー家《け》をあとにし、真《ま》っ白《しろ》になった畑《はたけ》を横切《よこぎ》って恋人《こいびと》たちの小道《こみち》を歩《ある》いた。カエデ並木《なみき》がきらきらかがやいていた。

「すてきな朝《あさ》ね、マシュー。あたし、ハモンドのおばさんがふたごを三組《さんくみ》も産《う》んだのも今《いま》となってはうれしいわ。そうじゃなきゃミニー・メイに何《なに》をしてやったらいいか、わからなかったもの。ああ、すごくねむい……。今日《きょう》は学校《がっこう》へ行《い》けないわ。」

「そうさな、とにかくすぐとこに入《はい》って、ぐっすりお休《やす》み。」

その後《あと》、バリー夫妻《ふさい》が町《まち》から帰《かえ》ると、医者《いしゃ》はこう言《い》った。

「カスバートさんのところの赤毛《あかげ》の女《おんな》の子《こ》はたいしたものです。ミニー・メイを救《すく》ったのはあの子《こ》ですよ。わたしが来《き》てからでは手《て》おくれだったでしょう。」

アンはぐっすりとねむり、目《め》が覚《さ》めるともう午後《ごご》になっていた。台所《だいどころ》に下《お》りていくと、帰宅《きたく》していたマリラが編《あ》みものをしていた。

「お昼《ひる》はオーブンのなかよ、アン。夕《ゆう》べのことはマシューに聞《き》いたわ。」

いろんなことをしゃべりたくてたまらなさそうなアンに、マリラはまず食事《しょくじ》をさせた。マリラのほうも話《はな》したいことがあったのだが、アンが食事《しょくじ》どころではなくなると思《おも》って食《た》べ終《お》わるのを待《ま》った。

「アン。さっきバリー夫人《ふじん》が見《み》えて、あんたに会《あ》いたがってらしたけど、わたしが起《お》こさなかったの。ミニー・メイの命《いのち》を助《たす》けてくれてありがとう、ダイアナとまた仲《なか》よくしてくださいって言《い》ってらしたわ。よければ夕方遊《ゆうがたあそ》びにきてくださいって。」

アンは立《た》ちあがり、顔《かお》をかがやかせて言《い》った。

「マリラ、今《いま》すぐ行《い》っていい？　お皿《さら》を洗《あら》わないで行《い》っていい？　帰《かえ》ってきたら洗《あら》うけど、この感動的《かんどうてき》な瞬間《しゅんかん》に皿洗《さらあら》いなんて現実的《げんじつてき》なものにしばられたくないの。」

「ええ、ええ、行《い》ってらっしゃい。」

マリラが答《こた》えると、アンはコートも着《き》ないでかけだしていった。

第《だい》6章《しょう》

マリラの愛《あい》、マシューの愛《あい》

アンの名誉《めいよ》をかけたけが

春《はる》のある日《ひ》、アンはマリラにたずねた。
「去年《きょねん》の今日《きょう》、何《なに》が起《お》きたか覚《おぼ》えてる？」
「そうねえ、特別《とくべつ》何《なに》も思《おも》いつかないけど。」
「あたしがグリーン・ゲイブルズに来《き》た日《ひ》じゃないの！　あたしの人生《じんせい》の分《わ》かれ目《め》だったのよ。あたし、この一年《いちねん》幸《しあわ》せだったわ。そりゃ苦労《くろう》もあったけど、そういうことはじきに忘《わす》れちゃうものよね。ねえ、あたしを引《ひ》き取《と》ったことを後悔《こうかい》してる?」

「いいえ、後悔《こうかい》してるとは言《い》えないわ。」

マリラはわざとあっさり答《こた》えたが、本当《ほんとう》はアンがいなかったころ、自分《じぶん》はどうやって暮《く》らしていたのかとときどき不思議《ふしぎ》になるぐらいだった。

あっという間《ま》に二度目《にどめ》の夏《なつ》がやってきた。八月《はちがつ》のなかば、ダイアナがクラスの女《おんな》の子《こ》たちを招《まね》いてパーティーを開《ひら》いた。もちろんアンも招待《しょうたい》され、みんなでお茶《ちゃ》を飲《の》んだあと、庭《にわ》で遊《あそ》ぶことになった。

アンたちは、学校《がっこう》で流行《はや》っている「挑戦《ちょうせん》ごっこ」を始《はじ》めた。アンはジョージ・パイに「庭《にわ》の板《いた》べいの上《うえ》を歩《ある》いて」といどんだ。するとジョージはこれをあっさりとやってのけ、ばかにしたような顔《かお》でアンを見《み》たので、アンはひどく腹《はら》を立《た》てた。

「あんな低《ひく》い板《いた》べいの上《うえ》を歩《ある》けたって、大《たい》したことないわ。あたしの知《し》ってる子《こ》で、屋根《やね》の棟木《むなぎ》の上《うえ》を歩《ある》いた子《こ》だっているんだから。」

「そんなの信《しん》じられない。本当《ほんとう》ならあんたがやってみなさいよ。」

ダイアナは必死《ひっし》でアンを止《と》めたが、ここで引《ひ》き下《さ》がることはできなかった。

「あたしの名誉《めいよ》がかかってるのよ、ダイアナ。もしもあたしが死《し》んだら、真珠《しんじゅ》のビーズの指輪《ゆびわ》を形見《かたみ》にもらってちょうだい。」

女《おんな》の子《こ》たちが息《いき》を殺《ころ》して見守《みまも》るなか、アンははしごを登《のぼ》り、棟木《むなぎ》の上《うえ》に立《た》った。

何歩《なんぽ》か進《すす》むと目《め》がくらみ、アンはバランスをくずして屋根《やね》の上《うえ》をすべり落《お》ちた。女《おんな》の子たちが悲鳴《ひめい》を上《あ》げ、アンは大《おお》きな音《おと》を立《た》ててツタのしげみに落《お》ちた。ぐったりとたおれているアンに、ダイアナがかけよった。

「アン！　死《し》んじゃったの？　ああ、お願《ねが》い、ひと言《こと》でいいから口《くち》をきいて。死《し》んじゃったの？　何《なん》とか言《い》ってよ！」

「大丈夫《だいじょうぶ》よ、ダイアナ。死《し》んでないわ。でも意識不明《いしきふめい》になってるみたい。」

アンが落《お》ちたのは、はしごをかけて登《のぼ》ったのとは反対側《はんたいがわ》だった。そちらの屋根《やね》はベランダの上《うえ》までのびていて、のき先《さき》が地面《じめん》のすぐ近《ちか》くにあったので、なんとか助《たす》かったのだ。

さわぎを聞《き》いてバリー夫人《ふじん》が飛《と》んできた。アンはあわてて立《た》ちあがろうとしたが、足首《あしくび》が痛《いた》くてうずくまってしまった。

そんなことが起《お》きているとは知《し》らず、マリラは果樹園《かじゅえん》で夏《なつ》リンゴをもいでいた。するとと遠《とお》くから、ダイアナの父《ちち》のバリー氏《し》がやって来《く》るのが見《み》えた。バリー夫人《ふじん》もいっしょで、二人《ふたり》の後《うし》ろを女《おんな》の子《こ》たちがぞろぞろとついてきている。だんだん近《ちか》づいてくると、バリー氏《し》がぐったりとしたアンをだきかかえているのがわかった。

マリラはナイフで心臓《しんぞう》を突《つ》きさされたような気持《きも》ちがした。取《と》り乱《みだ》し、バリー氏《し》にかけよってあえぐようにマリラは言《い》った。

「どうしたんですか？　アンに何《なに》があったんですか？」

するとアンが自分《じぶん》で答《こた》えた。

「棟木《むなぎ》を歩《ある》いていて落《お》ちたの。足首《あしくび》をくじいたんだと思《おも》うわ。でもねマリラ、物事《ものごと》の明《あか》るいほうを見《み》なくちゃ。首《くび》の骨《ほね》を折《お》ってたかもしれないのよ。」

すぐにマシューが医者《いしゃ》を呼《よ》びにいった。診察《しんさつ》の結果《けっか》、アンは足首《あしくび》が折《お》れていて、治《なお》るのに七週間《ななしゅうかん》ほどかかることがわかった。

「新学期《しんがっき》になっても学校《がっこう》に行《い》けないわ。新《あたら》しい女《おんな》の先生《せんせい》が来《く》るって聞《き》いたけど、あたしが学校《がっこう》に行《い》くころにはもう新《あたら》しい先生《せんせい》じゃなくなっちゃう。それに勉強《べんきょう》もギル――クラスのみんなに追《お》いこされちゃうわ。」

アンはテストのたびにギルバートと一番《いちばん》の成績《せいせき》を争《あらそ》うようになっていたが、まだ彼《かれ》を許《ゆる》せず、名前《なまえ》を口《くち》にすることさえさけていた。

それからの退屈《たいくつ》な七週間《ななしゅうかん》、アンは自分《じぶん》に想像力《そうぞうりょく》があってよかったと心《こころ》から思《おも》った。

毎日《まいにち》クラスメイトも見《み》まいにきて、学校《がっこう》のようすを話《はな》してくれた。

足《あし》を引《ひ》きずって何《なん》とか歩《ある》けるようになった日《ひ》、アンはマリラに言《い》った。

「ジョージ・パイがお見《み》まいにきたときも、あたし、できるだけ丁重《ていちょう》に相手《あいて》をしたの。棟木《むなぎ》を歩《ある》けって言《い》ったことを後悔《こうかい》してるみたいだったから。みんなから新《あたら》しくきたステイシー先生《せんせい》のことを聞《き》いたんだけど、もうわくわくしちゃう。すてきな金《きん》髪《ぱつ》で、目《め》がとっても魅惑的《みわくてき》なんですって。一週間《いっしゅうかん》おきに金曜日《きんようび》の午後《ごご》に詩《し》を暗唱《あんしょう》したり、劇《げき》をするそうよ。ステイシー先生《せんせい》はきっと同質《どうしつ》の魂《たましい》の持《も》ち主《ぬし》だと思《おも》うわ。」

「ひとつだけはっきりしてるわね。」

とマリラが言《い》った。

「屋根《やね》から落《お》ちても、あんたの舌《した》はちっとも被害《ひがい》を受《う》けなかったようね。」

マシュー、パフスリーブにこだわる

十月《じゅうがつ》になり、アンは学校《がっこう》に行《い》けるようになった。ステイシー先生《せんせい》は聞《き》いていた以上《いじょう》にすてきだった。アンは、先生《せんせい》から作文《さくぶん》がクラスで一番《いちばん》うまいとほめられた。先生《せんせい》の教《おし》え方《かた》がわかりやすいので、苦手《にがて》な数学《すうがく》も前《まえ》よりわかるようになってきた。

十一月《じゅういちがつ》、先生《せんせい》はアンたちをわくわくさせるような提案《ていあん》をした。アボンリーの学校《がっこう》の生徒《せいと》たちでクリスマスの夜《よる》にコンサートを開《ひら》こうというのだ。公会堂《こうかいどう》でアボンリーの人々《ひとびと》に合唱《がっしょう》や劇《げき》などをひろうし、その入場料《にゅうじょうりょう》で学校《がっこう》の旗《はた》を買《か》うのだ。アンは詩《し》の暗唱《あんしょう》を任《まか》されて、大《おお》いに張《は》りきった。

クリスマスの二週間前《にしゅうかんまえ》、アンはクラスの女《おんな》の子《こ》たちを家《いえ》に呼《よ》んで劇《げき》の練習《れんしゅう》をした。

夕方《ゆうがた》になると、みんなそろそろ帰《かえ》ろうということになった。女《おんな》の子《こ》たちはぼうしやコートを台所《だいどころ》に置《お》いていたので、そちらに移動《いどう》した。

ちょうどそのとき、畑仕事《はたけしごと》を終《お》えたばかりのマシューが台所《だいどころ》にいた。ブーツを片方《かたほう》ぬいだところにアンたちが入《はい》ってきたので、はずかしがり屋《や》のマシューはブーツを持《も》ったまま、たきぎの箱《はこ》のかげにかくれた。

帰《かえ》り支度《じたく》をする間《あいだ》、女《おんな》の子《こ》たちはマシューに気《き》づかなかった。マシューのほうは、こっそり女《おんな》の子《こ》たちを見《み》ていて、アンだけが他《ほか》のみんなとどこかちがうと感《かん》じていた。

答《こた》えがわかったのは、その晩《ばん》、二時間《にじかん》ほどパイプをくゆらせて頭《あたま》をしぼったあとだった。アンは着《き》ているものが他《ほか》の子《こ》とちがうのだ。マリラはいつもアンに地味《じみ》な服《ふく》ばかり着《き》せているが、他《ほか》の子《こ》たちは赤《あか》やブルーやピンクのドレスで、はなやかによそおっていた。

アンのしつけはマリラに任《まか》せているし、マリラには深《ふか》い考《かんが》えがあるのだろうが、一着《いっちゃく》ぐらいダイアナが着《き》ているような、そでがふんわりふくらんだドレスがあってもいいじゃないか。そう思《おも》ってマシューはアンにドレスを買《か》おうと決《き》めた。もうすぐクリスマスだ。ドレスならプレゼントにぴったりではないか。

さっそく次《つぎ》の日《ひ》に、マシューはカーモディーの町《まち》に買《か》いものに出《で》かけた。ところが、若《わか》い女《おんな》の店員《てんいん》と話《はな》すのがはずかしくて、ドレスを買《か》うことができなかった。

マシューは、どうやら女《おんな》の人《ひと》の手《て》を借《か》りるしかないと

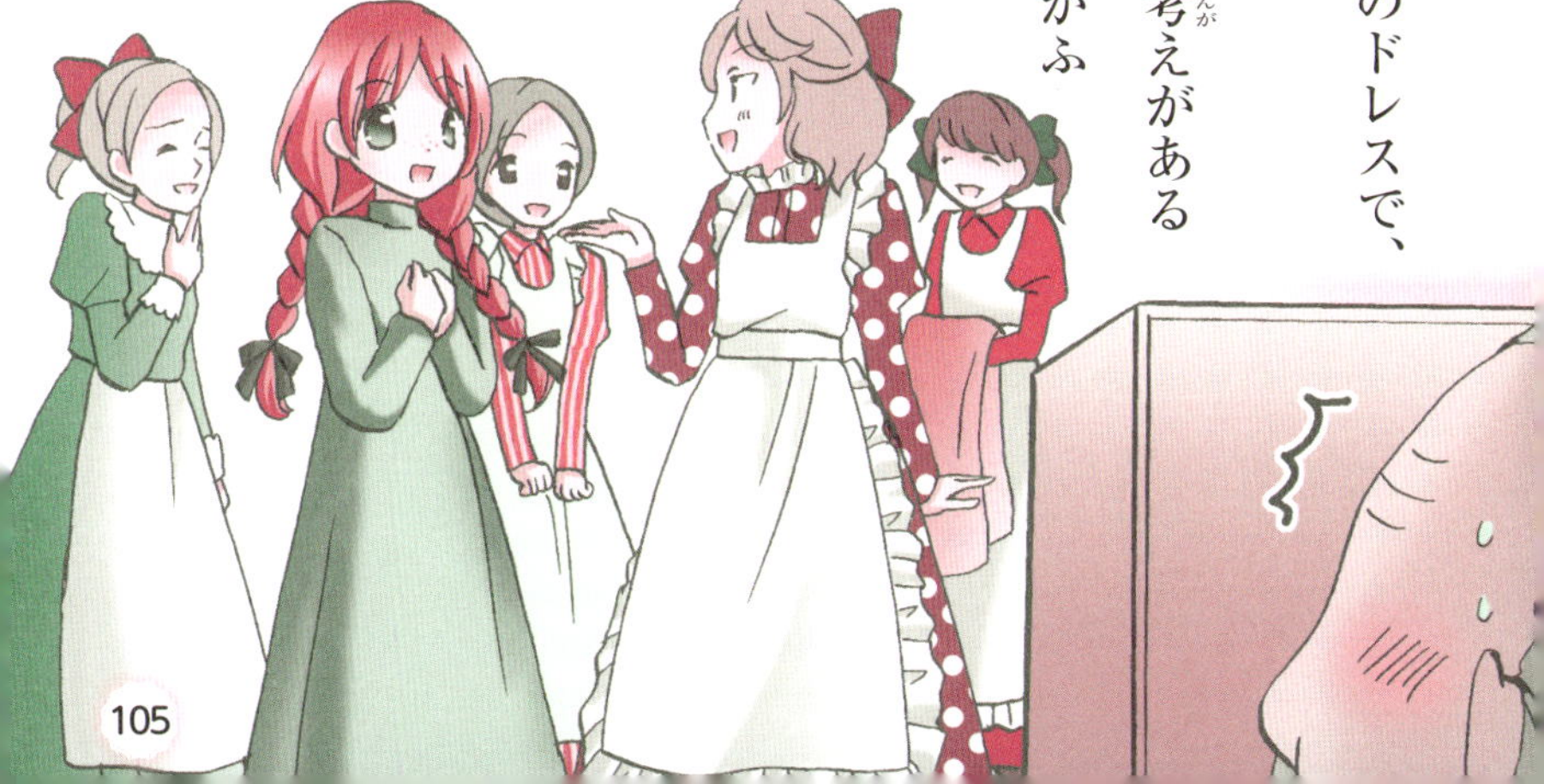

思《おも》い、リンド夫人《ふじん》を訪《たず》ねて相談《そうだん》した。リンド夫人《ふじん》は、快《こころよ》く応《おう》じてくれた。

「アンには上品《じょうひん》な茶色《ちゃいろ》が似合《にあ》うと思《おも》いますよ。わたしがぬってあげましょうか？」

「どうもすみませんな。それから、その、近《ちか》ごろじゃ、そでの具合《ぐあい》が昔《むかし》とちがうみたいで、大変厚《たいへんあつ》かましいんですが、その、今風《いまふう》のそでにしてもらえたら……。」

「パフスリーブのことね。任《まか》せておいてちょうだい。」

クリスマスイブに、リンド夫人《ふじん》はドレスを届《とど》けてくれた。マリラは、この二週間《にしゅうかん》マシューがこそこそしてようすがおかしかったのは、このせいだったかと思《おも》った。

「まあ、このそで。アンの虚栄心《きょえいしん》をくすぐるだけよ。でも、あの子《こ》は満足《まんぞく》するでしょうよ。パフスリーブが流行《はや》り始《はじ》めてから、ずっと欲《ほ》しがってたんだから。」

十二月《じゅうにがつ》に入《はい》って以来《いらい》、暖《あたた》かい日《ひ》が続《つづ》いていたが、クリスマスの朝《あさ》には辺《あた》りは真《ま》っ白《しろ》に染《そ》まった。アンは目《め》を覚《さ》ますと、大声《おおごえ》で歌《うた》いながら一階《いっかい》に下《お》りた。

「メリー・クリスマス、マリラ、マシュー！　ホワイトクリスマスでよかったわ。」

マシューはプレゼントの包《つつ》みをアンに見《み》せた。

「まあ、マシュー、それをあたしに？　ああ、マシュー！」

マシューは包《つつ》みを開《あ》け、ドレスを差《さ》し出《だ》した。アンはうやうやしく受《う》け取《と》ってうっとりと見《み》つめた。生地《きじ》はやわらかく光沢《こうたく》のある茶色《ちゃいろ》で、スカートにはかわいいフリルがあり、えりにはレースのかざりがついている。そではパフスリーブが二段《にだん》になっていて、ふたつのパフの間《あいだ》に絹《きぬ》のリボンがついていた。

「クリスマスプレゼントだよ。」

はにかみながらマシューは言《い》ったが、アンは返事《へんじ》をしない。

「ど、どうした、アン。気《き》に入《い》らないのかい？」

するとアンは、目《め》に涙《なみだ》をいっぱいためて言《い》った。

「気《き》に入《い》らないなんて！　マシュー、最高《さいこう》にうるわしいわ。なんだか夢《ゆめ》みたい！」

「さあさあ、ご飯《はん》にしましょう。」

とマリラが口《くち》をはさんだ。

「ドレスなんて必要《ひつよう》ないと思《おも》うけど、大事《だいじ》になさいね。」

「ご飯《はん》なんて食《た》べられるかしら。こんなに感激《かんげき》してるときに朝《あさ》ご飯《はん》なんてひどく平《へい》凡《ぼん》な気《き》がしちゃう。ご飯《はん》より、ドレスをながめて目《め》の保養《ほよう》をしたいわ。」

だがアンは平凡《へいぼん》な朝食《ちょうしょく》をすませ、ダイアナと公会堂《こうかいどう》へ向《む》かった。学校《がっこう》のみんなでかざりつけをし、リハーサルをして夜《よる》はコンサートが行《おこな》われた。

客席《きゃくせき》は満員《まんいん》で生徒《せいと》たちはみんな上手《じょうず》だったが、特《とく》にアンの詩《し》の暗唱《あんしょう》が光《ひか》っていた。

帰《かえ》り道《みち》、星空《ほしぞら》の下《した》を歩《ある》きながらアンはダイアナに言《い》った。

「すごくあがっていたけど、パフスリーブのことを思《おも》い出《だ》したら勇気《ゆうき》がわいてきたの。パフスリーブにはじないようにやらなくちゃと思《おも》ったのよ。」

その晩《ばん》アンがねむったあと、マリラとマシューは台所《だいどころ》のだんろの前《まえ》で話《はなし》をした。

「いやあ、うちのアンもみんなに負《ま》けずによくやったね。」

「ええ、そうね。あの子《こ》は頭《あたま》がいいわ。それにとてもすてきだった。わたしも今夜《こんや》のアンには鼻《はな》が高《たか》かったわ。本人《ほんにん》に言《い》うつもりはないけどね。」

虚栄心《きょえいしん》の報《むく》い

コンサートの感動《かんどう》が冷《さ》めないうちに年《とし》が明《あ》け、アンは十三歳《じゅうさんさい》になった。

春《はる》のある日《ひ》、マリラが婦人会《ふじんかい》の集《あつ》まりを終《お》えてグリーン・ゲイブルズに帰《かえ》ると、留守番《るすばん》をしているはずのアンの姿《すがた》がなかった。自分《じぶん》との約束《やくそく》を忘《わす》れたのだと思《おも》い、マリラは腹《はら》を立《た》てた。

暗《くら》くなり、夕飯《ゆうはん》の支度《したく》ができてもアンは帰《かえ》らなかった。地下室《ちかしつ》に行《い》こうと思《おも》ったマリラは、アンの部屋《へや》に置《お》いてあるろうそくを取《と》りに二階《にかい》に上《あ》がった。ろうそくの火《ひ》をつけてふり返《かえ》ると、アンがベッドでうつぶせになっていた。

「まあ、アン。具合《ぐあい》でも悪《わる》いの？」

「そうじゃないの。お願《ねが》い、マリラ、あっちへ行《い》って。あたしを見《み》ないで。」

「何《なん》だっていうの、もう。今度《こんど》は一体《いったい》何《なに》をしたの？」

アンは絶望的《ぜつぼうてき》な顔《かお》で起《お》きあがった。

「あたしの……髪《かみ》の毛《け》を見《み》て。」

言《い》われたとおり、マリラはアンの背中《せなか》にたれた髪《かみ》に、ろうそくの灯《あか》りを当《あ》てた。

「まあ！　緑色《みどりいろ》じゃないの！」

「そうなの。緑《みどり》の髪《かみ》なんて、赤毛《あかげ》の十倍《じゅうばい》もひどいわ。」

「どうしてこんなことになったの？」

「……染《そ》めたの。」

「染《そ》めた？　子《こ》どもが髪《かみ》を染《そ》めるなんて！　悪《わる》いと思《おも》わなかったの？」

「赤毛《あかげ》じゃなくなるなら、少《すこ》しくらい悪《わる》いことをしてもいいと思《おも》ったの。そのあといい子《こ》にしてつぐなうつもりだったし、美《うつく》しい黒髪《くろかみ》になるって言《い》われたんだもの。」

「だれに？　だれがそんなことを言《い》ったの？」

「午後《ごご》に来《き》た行商《ぎょうしょう》の人《ひと》よ。」

七十五《ななじゅうご》セントの染料《せんりょう》を特別《とくべつ》に五十《ごじっ》セントにすると言《い》われてアンはそれを買《か》い、髪《かみ》につけてみた。すると髪《かみ》がすっかり緑色《みどりいろ》になってしまったのだ。

「虚栄心《きょえいしん》の報《むく》いがどんなものか、よくわかったでしょう。とにかくしっかり洗《あら》って、落《お》ちるかどうかやってみるしかないわね。」

だが、いくら洗《あら》っても染料《せんりょう》は落《お》ちなかった。それから一週間《いっしゅうかん》、どこにも出《で》かけずにシャンプーをし続《つづ》けても効果《こうか》はなく、マリラがある決断《けつだん》をした。

「もうむだよ、アン。髪《かみ》を切《き》るしかないわ。このままじゃ外《そと》に出《で》られないでしょ。」

ぼうず頭《あたま》に近《ちか》いぐらいまでマリラはアンの髪《かみ》を切《き》った。その間《あいだ》ずっと、アンは泣《な》き続《つづ》けた。翌日《よくじつ》の月曜日《げつようび》、学校《がっこう》はアンの髪《かみ》のことで大《おお》さわぎになった。その晩《ばん》、アンはマリラに言《い》った。

「もう決《けっ》して美《うつく》しくなろうなんて思《おも》わないわ。それよりマリラやステイシー先生《せんせい》みたいにいい人間《にんげん》になりたいの。ダイアナがね、髪《かみ》が少《すこ》しのびたら黒《くろ》いビロードのリボンを頭《あたま》に巻《ま》いたらいいっていうのよ。ヘアバンドって呼《よ》ぶことにするわ。なんだかロマンチックに聞《き》こえるでしょう?」

第《だい》7章《しょう》 人生《じんせい》の目標《もくひょう》

不運《ふうん》な白《しら》ユリの乙女《おとめ》

エレーンって、アーサー王伝説《おうでんせつ》に出《で》てくるエレーンのこと?
そうよ。白《しら》ユリの乙女《おとめ》ことエレーンよ。
エレーンは騎士《きし》のランスロットに恋《こい》しながら死《し》んでいくのよね。
ええ、本当《ほんとう》にロマンチックよね。
ねえ、エレーンの悲劇的《ひげきてき》な死《し》の場面《ばめん》を、ここで演《えん》じてみない?
あのボートなら、エレーンの遺体《いたい》が流《なが》れていく場面《ばめん》にぴったりだわ。
それで、だれがエレーンをやるの?
もちろんルビーよ。色白《いろじろ》だし、髪《かみ》だって金髪《きんぱつ》だもの。
あたしは無理《むり》よ!死《し》んだふりをしてボートで流《なが》されていくなんてこわいわ。
大丈夫《だいじょうぶ》。ここからなら、橋《はし》をくぐって岸《きし》につくもの。
じゃあ、アンがエレーンをやったら?

だめよ、赤毛《あかげ》の白《しら》ユリの乙女《おとめ》なんておかしいわ。
アンだって色白《いろじろ》じゃない。それに髪《かみ》の毛《け》だって、切《き》る前《まえ》より色《いろ》がこくなったわ。
…本当《ほんとう》にそう思《おも》う？
自分《じぶん》でも少《すこ》しそんな気《き》がしてたんだけど、ちがうって言《い》われるのがこわくて…。
これならとび色《いろ》って言《い》ってもいいと思《おも》う？
もちろん。とってもきれいよ、アン。
本当《ほんとう》に死《し》んでるみたい。
こんなこと、本当《ほんとう》にしてもいいのかしら。
ルビー、あなたとダイアナは、エレーンのお兄《にい》さんの役《やく》でしょ。
ご、ごめんなさい。

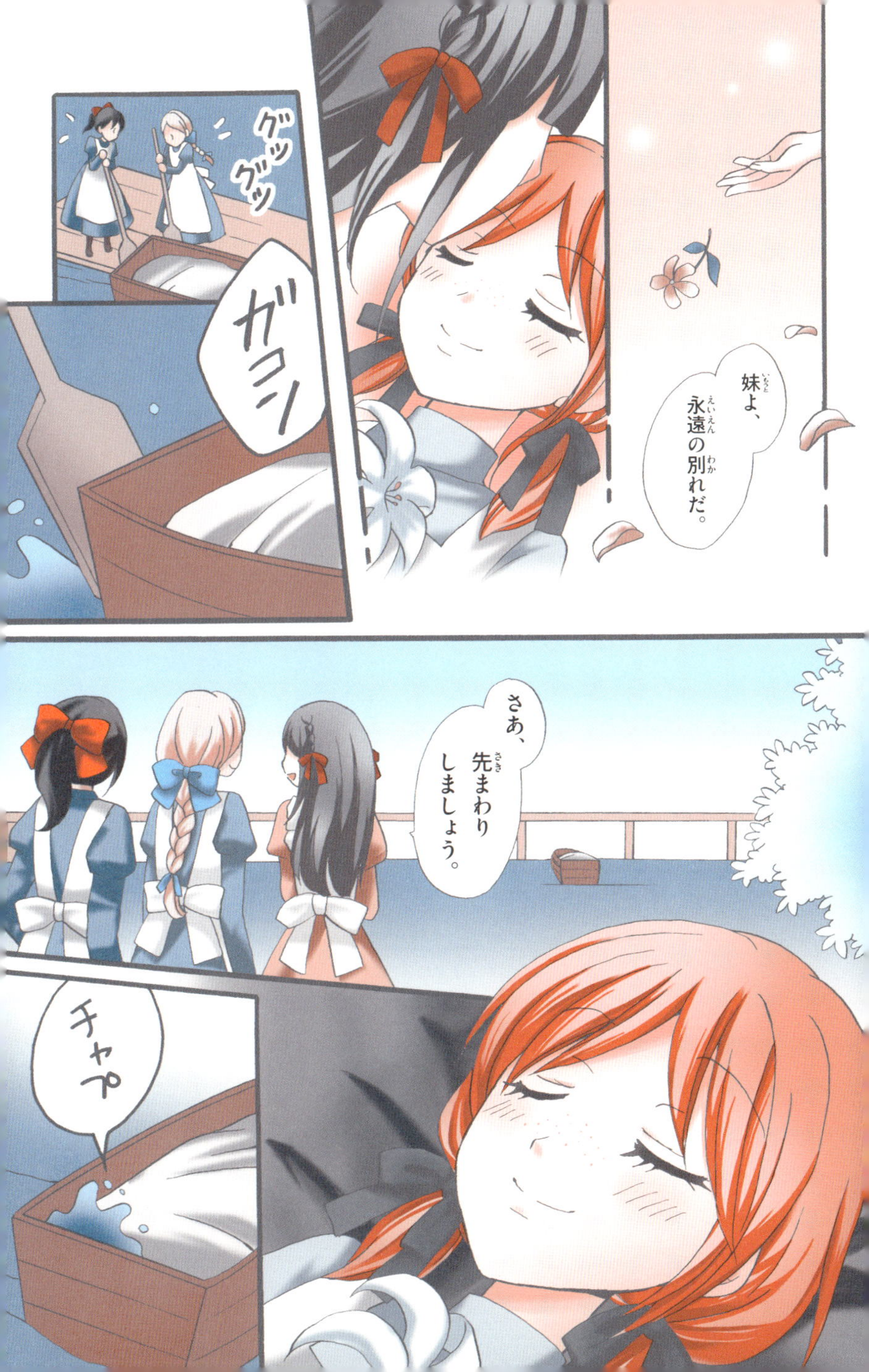
妹《いもうと》よ、永遠《えいえん》の別《わか》れだ。
グッグッ
ガコン
さあ、先《さき》まわりしましょう。
チャプ

!?
がばっ
ゴポポ
……。
来《き》たわ、ボート。
アンー！
ゴポ
ジャボン
えっ…。
だ、だれか…。
大人《おとな》を呼《よ》ばなきゃ！

アン！何《なに》してるの？
一体《いったい》どういうことなんだい？
エレーンを演《えん》じてたのよ。
途中《とちゅう》でボートに水《みず》が入《はい》ったの。向《む》こう岸《ぎし》まで連《つ》れていってもらえるかしら。
大変《たいへん》助《たす》かりましたわ。
待《ま》って！

髪《かみ》のことをからかって本当《ほんとう》に悪《わる》かったよ。でも、もうずいぶん前《まえ》のことじゃないか。
それに、君《きみ》の髪《かみ》、今《いま》はすごくきれいだ。
ねえ、アン。ぼくたち、友《とも》だちになれない？
本当《ほんとう》だよ。
いやよ。友《とも》だちになんて絶対《ぜったい》にならないわ。

ムッ
わかったよ！ こっちだって もう二度《にど》と たのまないさ！
アン！ 生《い》きてたのね！
橋《はし》のくいに つかまってたら、ギルバートが岸《きし》まで 運《はこ》んでくれたのよ。
すごいじゃない、なんてロマンチックなの！
ギルバートとは 仲直《なかなお》りしたのね？
いいえ…。

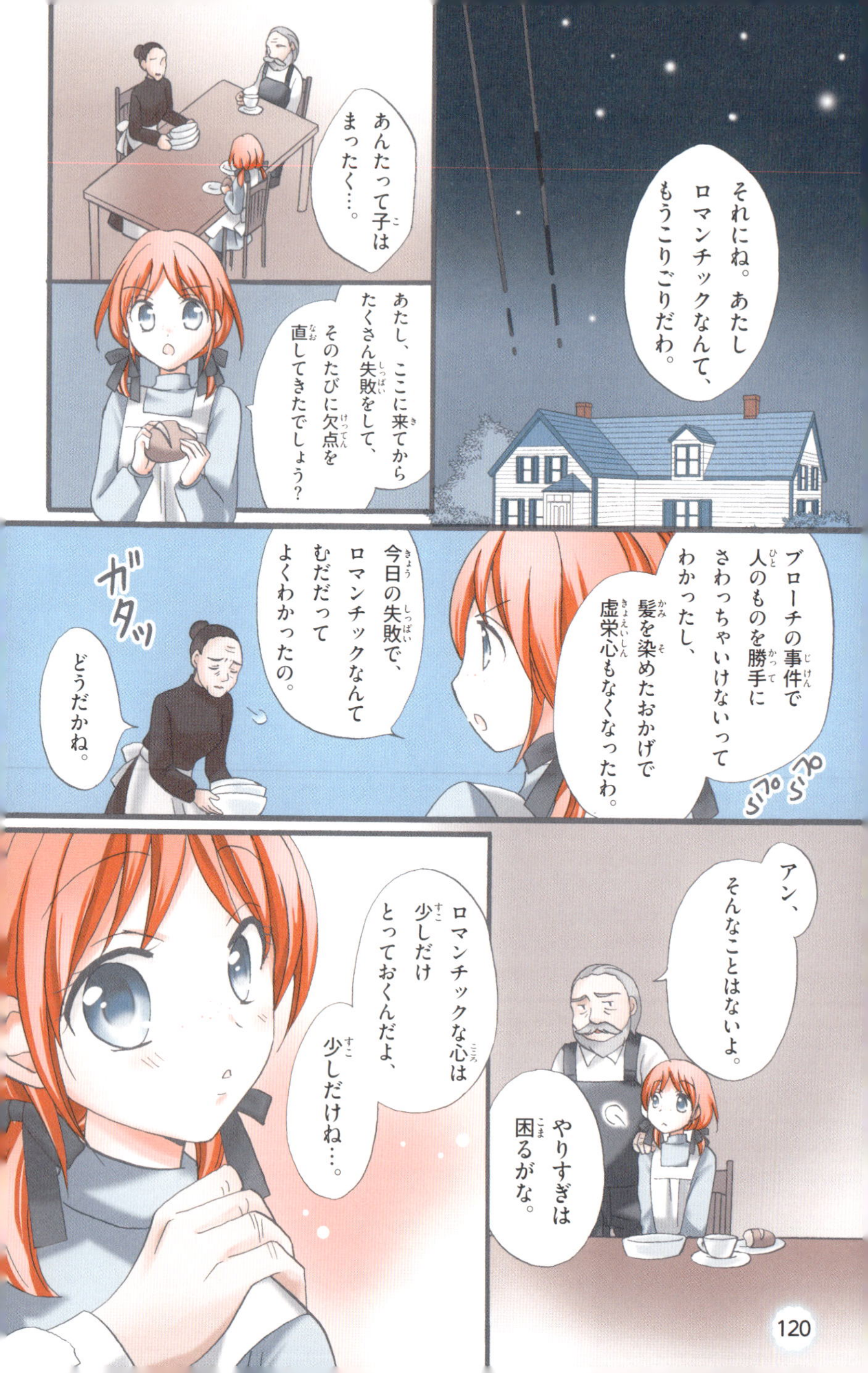
それにね。あたし
ロマンチックなんて、
もうこりごりだわ。
あんたって子《こ》は
まったく…。
あたし、ここに来《き》てから
たくさん失敗《しっぱい》をして、
そのたびに欠点《けってん》を
直《なお》してきたでしょう？
ブローチの事件《じけん》で
人《ひと》のものを勝手《かって》に
さわっちゃいけないって
わかったし、
髪《かみ》を染《そ》めたおかげで
虚栄心《きょえいしん》もなくなったわ。
今日《きょう》の失敗《しっぱい》で、
ロマンチックなんて
むだだって
よくわかったの。
ガタッ
どうだかね。
アン、
そんなことはないよ。
やりすぎは
困《こま》るがな。
ロマンチックな心《こころ》は
少《すこ》しだけ
とっておくんだよ、
少《すこ》しだけね…。

クイーン学院《がくいん》を目指《めざ》して

秋《あき》の終《お》わりの晩《ばん》、アンとマリラはだんろの前《まえ》でくつろいでいた。

マリラは編《あ》みものの手《て》をとめると、めがねを外《はず》し、いすの背《せ》にもたれかかった。めがねが合《あ》っていないのか、近《ちか》ごろひどく目《め》がつかれる。近《ちか》いうちにめがね屋《や》に行《い》って、新《あたら》しいものに変《か》えなくてはとマリラは思《おも》った。

「アン、今日《きょう》あんたがダイアナと出《で》かけている間《あいだ》にステイシー先生《せんせい》がいらっしゃったのよ。」

「まあ……。あたし、何《なん》のお話《はなし》かわかってるわ。自分《じぶん》から言《い》おうと思《おも》ってたところよ。」

「あら、そうなの？」

「昨日《きのう》の午後《ごご》、歴史《れきし》の授業中《じゅぎょうちゅう》にあたしがこっそり小説《しょうせつ》を読《よ》んでたことでしょう？ジェーンが『ベン・ハー』を貸《か》してくれて、お昼休《ひるやす》みに読《よ》んだらあんまりおもしろくて、先《さき》が気《き》になってがまんできなったの。ごめんなさい。」

「アン、ステイシー先生《せんせい》はそんなことひと言《こと》もおっしゃらなかったわ。」

「えっ、そのお話《はなし》じゃないの⁉」

「まったく。小説《しょうせつ》なんて、わたしが子《こ》どものころは、手《て》にもとらせてもらえなかったわよ。あのね、ステイシー先生《せんせい》は、クイーン学院《がくいん》に進学《しんがく》したいと思《おも》っている生徒《せいと》を集《あつ》めて、受験《じゅけん》のためのクラスをつくりたいそうよ。その子《こ》たちのために、放課後《ほうかご》に一時間《いちじかん》、特別授業《とくべつじゅぎょう》をなさるんですって。それで、わたしとマシューに、あんたをそのクラスに入《い》れるかどうか聞《き》きにいらしたの。あんたの気持《きも》ちはどうなの？　クイーンへ進《すす》んで、教師《きょうし》の資格《しかく》をとりたくない？」

「ああ、マリラ！」

アンはマリラのそばにひざまずいて、両手《りょうて》をにぎりしめた。

「それって、あたしの生涯《しょうがい》の夢《ゆめ》なの！　先生《せんせい》になれたら、すごくうれしいわ！　でも、ものすごくお金《かね》がかからない？」

「そんなことは心配《しんぱい》しなくてもいいのよ。あんたを引《ひ》き取《と》ったときに、わたしたちは、できるだけのことをして、ちゃんと教育《きょういく》を受《う》けさせようと決《き》めたんだから。わたしはね、女《おんな》だってちゃんと自立《じりつ》して生《い》きていけるようにしておいたほうがいいと思《おも》うのよ。あんたさえその気《き》なら、クイーンの受験《じゅけん》クラスに入《はい》っていいのよ。」

「ありがとう、マリラ！」

アンはマリラにだきついた。

「あたし、これからはもっと勉強《べんきょう》に力《ちから》を入《い》れるわ。だって人生《じんせい》に目標《もくひょう》ができたんですもの。あたしも、ステイシー先生《せんせい》みたいな先生《せんせい》になりたい。」

受験《じゅけん》クラスに入《はい》ったのはアンやギルバートを含《ふく》めた七人《しちにん》のクラスメイトだった。ダイアナは、両親《りょうしん》がクイーンに進《すす》ませる気《き》がなかったので、仲間《なかま》に入《はい》らなかった。これはアンにとっては大事件《だいじけん》だった。

受験《じゅけん》クラスが始《はじ》まった日《ひ》、アンは、放《ほう》課後《かご》にダイアナが他《ほか》のクラスメイトと教《きょう》室《しつ》を出《で》ていくのを見《み》て、切《せつ》なくてたまらなかった。親友《しんゆう》のあとを追《お》いかけたくてたまらず、泣《な》けてきたので、アンはあわてて本《ほん》のかげに顔《かお》をかくした。どんなことがあっても、ギルバートに泣《な》き顔《かお》は見《み》られたくなかった。

アンはその日《ひ》、家《いえ》に帰《かえ》ると、受験《じゅけん》クラスの面々《めんめん》の将来《しょうらい》の目標《もくひょう》をマリラに話《はな》して聞《き》かせた。アンと同《おな》じように先生《せんせい》になりたい子《こ》や牧師《ぼくし》になりたいという子《こ》、国会議員《こっかいぎいん》になるつもりだという子《こ》もいた。

「ギルバート・ブライスは何《なに》になるの？」

「ギルバートのことなんて知《し》らないわ。」

アンは冷《つめ》たい口調《くちょう》で言《い》った。以前《いぜん》はアンが一方的《いっぽうてき》にギルバートをライバル視《し》していたが、今《いま》ではギルバートのほうもライバル意識《いしき》をむきだしにし、アンのことはひたすら無視《むし》していた。

アンは内心《ないしん》、無視《むし》されるつらさを思《おも》い知《し》らされていた。もしもう一度《いちど》、ボートで助《たす》けてもらった日《ひ》のようなことがあれば、今度《こんど》は全然《ぜんぜん》ちがう返事《へんじ》をするはずだ。

アンは、そんなことばかり考《かんが》えてしまう自分《じぶん》にとまどっていた。ニンジンよばわりされた日《ひ》のことをこと細《こま》かに思《おも》い出《だ》し、ギルバートへのいかりの炎《ほのお》を燃《も》え立《た》たせようとしたが、むだだった。いつの間《ま》にか自分《じぶん》が、あの日《ひ》のことを許《ゆる》していたのだと気《き》づいたが、もう手《て》おくれだった。

こうなったらせめて、だれにも本心《ほんしん》を知《し》られたくないと思《おも》った。ギルバートにも他《ほか》の人《ひと》にも、ダイアナにさえも知《し》られたくない。そう思《おも》ってアンは、ギルバートとの間《あいだ》に起《お》きたことはすべて忘《わす》れたふりをしていた。

そういうことはあったものの、冬《ふゆ》の日々《ひび》は勉強《べんきょう》やいろいろな用事《ようじ》でいそがしく、楽《たの》しく過《す》ぎていった。毎日《まいにち》たくさん学《まな》び、楽《たの》しい本《ほん》を読《よ》んだり、日曜学校《にちようがっこう》の合唱隊《がっしょうたい》で歌《うた》ったりと活動的《かつどうてき》に過《す》ごしているうちに、グリーン・ゲイブルズにまた春《はる》がきて、あっという間《ま》に夏《なつ》になった。

学期《がっき》の間《あいだ》、存分《ぞんぶん》にがんばったアンは、夏休《なつやす》みをむかえた日《ひ》、マリラに言《い》った。

「あたし、夏《なつ》の間《あいだ》は空想《くうそう》にふけってふけって、ふけりまくるつもりよ。子《こ》どもでいられる最後《さいご》の夏休《なつやす》みかもしれないもの。来年《らいねん》も今年《ことし》みたいに背《せ》が伸《の》びたら、もっと長《なが》いスカートをはかなくちゃだめだって、リンドのおばさんに言《い》われたわ。」

夏休《なつやす》みのある日《ひ》、そのリンド夫人《ふじん》がグリーン・ゲイブルズを訪《たず》ねてきた。前日《ぜんじつ》、マリラが婦人会《ふじんかい》の集《あつ》まりを休《やす》んだので、心配《しんぱい》してきたのだ。

「マシューが軽《かる》い心臓発作《しんぞうほっさ》を起《お》こしたの。それで一人《ひとり》にしときたくなかったのよ。」

マリラはそう言《い》って、近《ちか》ごろのマシューのようすを話《はな》して聞《き》かせた。

「おかげさまで今《いま》は落《お》ち着《つ》いてますけどね、最近発作《さいきんほっさ》が増《ふ》えてきて、心配《しんぱい》だわ。お医者《いしゃ》さまは、興奮《こうふん》させちゃいけないって言《い》うのよ。それにきつい仕事《しごと》もいけないんですって。でも、働《はたら》き者《もの》のマシューに仕事《しごと》をするななんて、息《いき》をするなっていうようなものでしょう？」

マリラとリンド夫人《ふじん》が応接間《おうせつま》でそんな話《はなし》を続《つづ》けているので、アンはお茶《ちゃ》をいれ、小《ちい》さなパンを焼《や》いて出《だ》してあげた。パンはふっくらと焼《や》きあがっていて、何《なに》かと手《て》厳《きび》しいリンド夫人《ふじん》でも文句《もんく》のつけようがなかった。

夕暮《ゆうぐ》れになってリンド夫人《ふじん》が帰《かえ》るとき、マリラは途中《とちゅう》まで送《おく》っていった。そのとき、リンド夫人《ふじん》が言《い》った。

「アンはいいむすめになったわねえ。あんたも助《たす》かるでしょう？」

「ええ、今《いま》じゃずいぶん落《お》ち着《つ》いて、しっかりしてきたわ。あのおっちょこちょいは一生治《いっしょうなお》らないかと思《おも》ったけど、今《いま》じゃ何《なに》をさせても信頼《しんらい》できるのよ。」

「そう。この三年《さんねん》であんなにいい子《こ》になったのはきせきだと思《おも》うけど、特《とく》に器量《きりょう》がよくなったわよ。アンは本当《ほんとう》にきれいになったわ。今《いま》のあの子《こ》を見《み》てるとね、白《しら》ユリと赤《あか》いシャクヤクが並《なら》んでるのを見《み》てるような、そういう感《かん》じがするんですよ。」

第《だい》8章《しょう》 不《ふ》安《あん》と期《き》待《たい》と

マリラの涙《なみだ》

アンは夏休《なつやす》みの間《あいだ》、毎日《まいにち》ダイアナと散歩《さんぽ》をしたりボートに乗《の》ったりして、のびのびと過《す》ごした。心《こころ》ゆくまで空想《くうそう》も楽《たの》しみ、九月《くがつ》に新学期《しんがっき》が始《はじ》まるころには、勉強《べんきょう》への熱意《ねつい》に満《み》ちあふれていた。

登校《とうこう》すると、クイーン学院《がくいん》を受験《じゅけん》する面々《めんめん》は、みんな張《は》りきっていた。この学年《がくねん》の終《お》わりには、いよいよ入学試験《にゅうがくしけん》があるのだ。

秋《あき》も冬《ふゆ》も、アンは夢中《むちゅう》で勉強《べんきょう》に取《と》り組《く》んだ。入学試験《にゅうがくしけん》への不安《ふあん》はあったが、新《あたら》しいことを学《まな》ぶたびに自分《じぶん》の世界《せかい》が広《ひろ》がっていく気《き》がして、楽《たの》しくもあった。

ある日《ひ》、アンと並《なら》んで立《た》ったマリラは、アンのほうが背《せ》が高《たか》くなっているのに気《き》

づいてびっくりした。

「まあ、アン、なんて大《おお》きくなったの！」

そう言《い》って、マリラはため息《いき》をついた。

マリラが愛《あい》した小《ちい》さな女《おんな》の子《こ》は、いつの間《ま》にか、かしこそうな目《め》をした背《せ》の高《たか》い十五歳《じゅうごさい》の少女《しょうじょ》になっていた。

その晩《ばん》、アンがダイアナの家《いえ》に出《で》かけていくと、マリラは暗《くら》い台所《だいどころ》で一人《ひとり》、涙《なみだ》を流《なが》した。そこにマシューがランタンを手《て》に入《はい》ってきて、うろたえた。マシューの困《こま》り顔《がお》を見《み》て、マリラは泣《な》きながら笑《わら》ってしまった。

「アンのことを考《かんが》えてたのよ。あの子《こ》、すっかり大《おお》きくなってしまって……。それに来年《らいねん》の冬《ふゆ》にはもう、ここにいないと思《おも》うとさびしくて。」

クイーン学院《がくいん》に入学《にゅうがく》したら、アンはグリーン・ゲイブルズをはなれて下宿《げしゅく》をすることになるのだ。

「しょっちゅう帰《かえ》ってくるさ。」

マシューにはげまされても、マリラの気持《きも》ちは晴《は》れなかった。

「でも、一緒《いっしょ》に暮《く》らすのとは全然《ぜんぜん》ちがうわ。」

マリラはまた、深《ふか》いため息《いき》をついた。

春《はる》のある日《ひ》、マリラはこのごろ気《き》になっていたことをアンにたずねた。

「アン、あんたは前《まえ》の半分《はんぶん》もおしゃべりしなくなったわね。それに長《なが》ったらしい言《こと》葉《ば》も使《つか》わないいじゃないの。一体《いったい》どうしたの。」

窓辺《まどべ》で教科書《きょうかしょ》を読《よ》んでいたアンは、少《すこ》しはずかしそうに答《こた》えた。

「何《なん》ていうか――あんまりしゃべりたくないの。すてきなことを考《かんが》えて、そのまま宝物《たからもの》みたいに心《こころ》のなかにしまっておくほうが好《す》きになったみたい。それにどういうわけか、長《なが》ったらしい言葉《ことば》もあまり使《つか》いたくなくなったの。学《まな》ぶことや考《かんが》えることがいっぱいあって、長《なが》ったらしい言葉《ことば》なんて使《つか》うひまがないみたい。」

合格発表《ごうかくはっぴょう》

六月《ろくがつ》に学年末《がくねんまつ》をむかえ、アンは入学試験《にゅうがくしけん》のために町《まち》へ向《む》かった。ダイアナの親《しん》せきの家《いえ》に泊《と》めてもらって、アンは四日間《よっかかん》も続《つづ》く試験《しけん》を乗《の》り切《き》った。ほっとしてグリーン・ゲイブルズに帰《かえ》ると、ダイアナが待《ま》っていてくれた。

「お帰《かえ》りなさい、アン。帰《かえ》ってきてくれてすごくうれしい。何年《なんねん》も会《あ》っていなかったみたいな気《き》がするわ。それで、どうだったの。」

「数学以外《すうがくいがい》はかなりいい線《せん》までいったと思《おも》うわ。でも合格発表《ごうかくはっぴょう》まで本当《ほんとう》のところは何《なに》もわからない……。このままねむって発表《はっぴょう》がすむまで目《め》が覚《さ》めなければいいの

に！」

合格者《ごうかくしゃ》の名前《なまえ》は新聞《しんぶん》で発表《はっぴょう》される。成績《せいせき》の順番《じゅんばん》もそこにのることになっていて、アンはどうしてもギルバートよりも上位《じょうい》で合格《ごうかく》したいと思《おも》っていた。

今《いま》でもアンとギルバートは顔《かお》を合《あ》わせても無視《むし》し合《あ》っている。仲直《なかなお》りしておけばよかったという気持《きも》ちは強《つよ》くなっていたが、アンはギルバートとすれちがうたびに、負《ま》けてたまるかと自分《じぶん》にちかってきたのだ。

いい成績《せいせき》で合格《ごうかく》したい理由《りゆう》はもうひとつあった。アンは、マシューとマリラを喜《よろこ》ばせたかった。受験勉強《じゅけんべんきょう》にはげむアンに、マシューは、

「アンなら島《しま》じゅうの受験生《じゅけんせい》を負《ま》かすだろうよ。」

と言《い》った。そんなことは夢《ゆめ》のまた夢《ゆめ》だろうが、なんとか上位十番《じょういじゅうばん》には入《はい》って、マシューの笑顔《えがお》が見《み》たいと思《おも》った。

いつもの年《とし》は試験《しけん》から二週間《にしゅうかん》ほどで合格発表《ごうかくはっぴょう》があるのに、この年《とし》は三週間《さんしゅうかん》が過《す》ぎてもまだ発表《はっぴょう》されなかった。アンは不安《ふあん》で、食欲《しょくよく》もなくなってしまった。

ある日《ひ》、アンは自分《じぶん》の部屋《へや》で夏《なつ》の夕暮《ゆうぐ》れの景色《けしき》をながめていた。美《うつく》しさに発表《はっぴょう》のことも忘《わす》れてうっとりしていると、ダイアナが新聞《しんぶん》を手《て》に走《はし》ってくるのが見《み》えた。

アンははじかれたように立《た》ちあがったが、足《あし》は一歩《いっぽ》も動《うご》かなかった。ダイアナがノックもせずに玄関《げんかん》にとびこみ、階段《かいだん》をかけあがってくる音《おと》がした。

「アン、合格《ごうかく》よ！　一番《いちばん》で合格《ごうかく》したのよ！」

かけこんできたダイアナがさけんだ。

「ギルバートも一番《いちばん》よ、同点《どうてん》だったの！　でもアンの名前《なまえ》のほうが先《さき》にのってるわ！　あたし、すっごくうれしい！」

アンは薄暗《うすぐら》い部屋《へや》にランプをつけようとしたがマッチをする手《て》がふるえて、六本《ろっぽん》も折《お》ってしまった。やっと明《あか》るくなり、アンは新聞《しんぶん》を広《ひろ》げた。自分《じぶん》の名前《なまえ》が二百人《にひゃくにん》の合格者《ごうかくしゃ》のトップにのっていた。生《い》きていたかいがあったとアンは思《おも》った。

少《すこ》し落《お》ち着《つ》いたダイアナが、話《はな》し始《はじ》めた。

「十分《じっぷん》ほど前《まえ》に父《ちち》が駅《えき》から持《も》って帰《かえ》ってきたの。午後《ごご》の汽車《きしゃ》で運《はこ》ばれてきた新聞《しんぶん》だから、郵便《ゆうびん》だと明日《あした》まで届《とど》かないわ。アボンリーの子《こ》は全員《ぜんいん》が合格《ごうかく》よ。ねえアン、一番《いちばん》で合格《ごうかく》したのに、ずいぶん落《お》ち着《つ》いてるのね。」

「心《こころ》のなかでは目《め》がくらみそうな感《かん》じなのよ。言《い》いたいこともいっぱいあるんだけど、何《なん》て言《い》ったらいいかわからないの。そうだ、畑《はたけ》にいるマシューに知《し》らせなくちゃ。」

アンとダイアナは畑《はたけ》へ急《いそ》いだ。マシューは干《ほ》し草《くさ》を束《たば》ねており、そのそばでマリラとリンド夫人《ふじん》が立《た》ち話《ばなし》をしていた。

「マシュー！　合格《ごうかく》したの！　一番《いちばん》なのよ！　というか、一番《いちばん》のうちの一人《ひとり》なの！」

マシューは心底《しんそこ》うれしそうに笑《わら》った。

「いつも言《い》っていただろう。お前《まえ》なら、こんなこと朝飯《あさめし》前《まえ》だと思《おも》っていたんだよ。」

「よくやったわね、アン。」

マリラはリンド夫人《ふじん》の前《まえ》なのでひかえめにアンをほめた。リンド夫人《ふじん》も心《こころ》から「おめでとう」と言《い》ってくれた。

「本当《ほんとう》によくやったわね、アン。あんたのおかげで、わたしたちみんな鼻《はな》が高《たか》いわ。」

その晩《ばん》、アンはねむる前《まえ》に窓《まど》を開《あ》けて月明《つきあ》かりを浴《あ》びび、お祈《いの》りの言葉《ことば》をつぶやいた。今《いま》までのことに感謝《かんしゃ》して、将来《しょうらい》のことをお願《ねが》いすると、ベッドに横《よこ》になり、明《あか》るく美《うつく》しい夢《ゆめ》の世界《せかい》へただよっていった。

忘《わす》れられない一夜《いちや》
本当《ほんとう》にこの服《ふく》でいいと思《おも》う？
もちろん。とっても似合《にあ》ってるわ。
髪型《かみがた》も、アンにはこれが最高《さいこう》に似合《にあ》うんだから。
これ、うちの庭《にわ》にひとつだけさいていたのをアンのためにとっておいたの。
チャリティーパーティーで詩《し》の暗唱《あんしょう》をたのまれるなんて、すごいわ、アン。
ふふ。
教会《きょうかい》の合唱隊《がっしょうたい》や、バイオリンや歌《うた》が得意《とくい》な人《ひと》たちが出《で》るんですって。
キラッ
…ねえ、

パールビーズのネックレスをつけたらどうかしら？
マシューが買《か》ってくれたの。
つけてるのを見《み》たら喜《よろこ》ぶと思《おも》うのよ。
そうね、いいと思《おも》うわ。
コンコン
ガチャ
きちんとしてるし、まともではあるわね。
でも夜《よる》にその服《ふく》はうすすぎない？
厚手《あつで》のジャケットをはおって行《い》きなさいよ。
パタン
……。

アンは出演者《しゅつえんしゃ》のひかえ室《しつ》に行《い》くのよね?
ええ、またあとでね。
キラッ

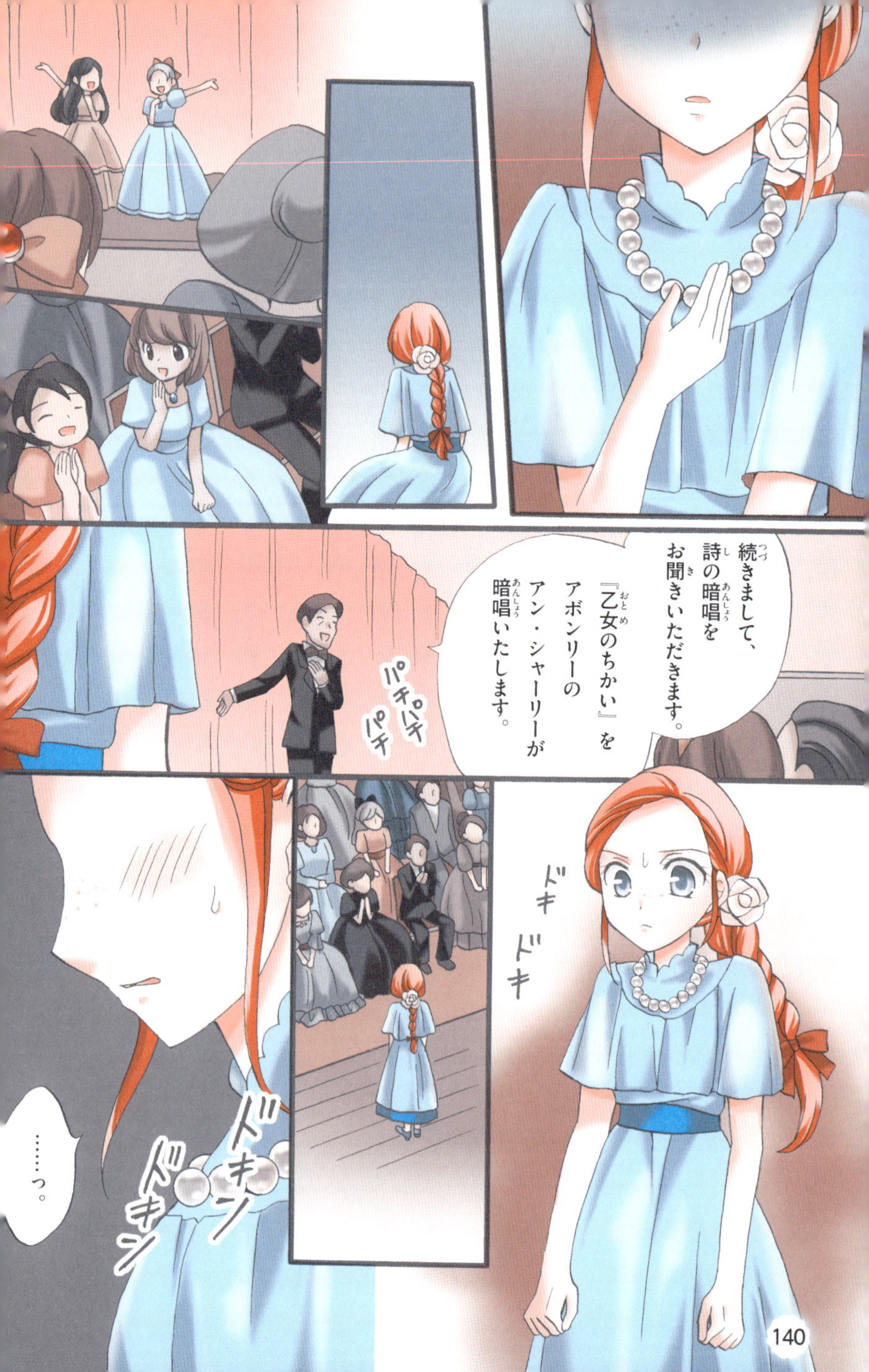

続《つづ》きまして、
詩《し》の暗唱《あんしょう》を
お聞《き》きいただきます。
『乙女《おとめ》のちかい』を
アボンリーの
アン・シャーリーが
暗唱《あんしょう》いたします。
パチパチ
パチ
ドキ
ドキ
ドキン
ドキン
……っ。

ざわ
ざわ
はっ
ギルバート!!
笑《わら》ってる…。
あたしが失敗《しっぱい》するのを
楽《たの》しみにしてるんだわ!
すう
ギルバートの前《まえ》で
失敗《しっぱい》なんて、
絶対《ぜったい》に
するもんですか!
わたしは
ちかったのです。
生涯《しょうがい》、だれとも
結《むす》ばれることは
ないと…。

たった一人《ひとり》の愛《あい》する人《ひと》はもう、わたしを想《おも》ってはくれないのだから。
はるかかなたの国《くに》に船出《ふなで》してしまったあの人《ひと》たちに、二度《にど》と会《あ》うことはないでしょう。
でも、わたしは想《おも》い続《つづ》けるのです。決《けっ》してわたしを想《おも》うことのないあの人《ひと》たちを…。
優《やさ》しいあなた、
どうぞわたしのことは忘《わす》れてください。
わたしが愛《あい》したたった一人《ひとり》の人《ひと》は、もう、海《うみ》の墓場《はかば》にしずんでしまったのですから。
し…ん

ワッ
パチパチ
パチパチ
パチパチ
ホ…
すばらしかったわ。わたし、子《こ》どもみたいに泣《な》いてしまったわよ。
わあぁ
ほら、アンコールよ、舞台《ぶたい》にもどって。
パチパチパチ
アンの暗唱《あんしょう》は最高《さいこう》だったわ！
どうもありがとう。
パカラパカラ…
今日《きょう》ははなやかだったわ。
アンのとなりにいた人《ひと》のネックレス、すごかったわよね！
あたしたちもあんなにお金持《かねも》ちだったら、幸《しあわ》せでしょうね。
あら、あたしたちだって十分幸《じゅうぶんしあわ》せよ？

十六年間《じゅうろくねんかん》、せいいっぱい生《い》きてきたし、毎日《まいにち》楽《たの》しい想像力《そうぞうりょく》だって持《も》ってるんだもの。
何百万《なんびゃくまん》ドル持《も》ってたって、ダイヤのネックレスがいくつあったって、
あの美《うつく》しい海《うみ》がもっときれいに見《み》えるってわけでもないでしょ？
もし今日《きょう》会《あ》ったお金持《かねも》ちのだれかと入《い》れかわってもいいって言《い》われても、
あたしは断《ことわ》るわ。
あたしは、ダイヤじゃなくてパールビーズのネックレスしか持《も》ってない、
グリーン・ゲイブルズのアンで大満足《だいまんぞく》。
これを買《か》ってくれたとき、マシューはたくさんの愛情《あいじょう》を込《こ》めてくれたのよ。
どんな宝石《ほうせき》にだって負《ま》けないわ。

第《だい》9章《しょう》 天《てん》のおぼしめし

グリーン・ゲイブルズとの別《わか》れ

それから三週間《さんしゅうかん》、アンはクイーン学院《がくいん》へ行《い》く準備《じゅんび》で大《おお》いそがしだった。マシューはアンのために、次々《つぎつぎ》にきれいな服《ふく》を買《か》ってきた。ふだんなら、ぜいたくすぎるとおこりだすはずのマリラも何《なに》も言《い》わなかった。それどころか、ある晩《ばん》、自分《じぶん》もパステルグリーンの生地《きじ》をかかえてアンの部屋《へや》にやって来《き》た。

「ねえ、アン。これ、ふんわりしたパーティー・ドレスにでもどうかと思《おも》って。エミリー・ギリスにぬってもらうつもりよ。エミリーはセンスがいいし、仕立《した》てのうでも確《たし》かだからね。」

「ああ、マリラ、すごくすてき！　ありがとう。こんなに優《やさ》しくしてもらったらあ

たし、グリーン・ゲイブルズをはなれるのがますますつらくなりそうだわ。」

その生地《きじ》は、フリルのたっぷり入《はい》ったドレスに仕立《した》てられた。アンはできあがったドレスを着《き》て、マシューとマリラのために、台所《だいどころ》で『乙女《おとめ》のちかい』を暗唱《あんしょう》した。

アンの生《い》き生《い》きした顔《かお》を見《み》ているうちに、マリラはアンがこの家《いえ》にやって来《き》た日《ひ》のことを思《おも》い出《だ》した。黄《き》ばんだ服《ふく》を着《き》て、おびえたように立《た》っていた女《おんな》の子《こ》。そんなアンを思《おも》い出《だ》して、マリラはつい涙《なみだ》ぐんでしまった。

「マリラ、あたしの暗唱《あんしょう》に感動《かんどう》したのね。」

アンはそう言《い》ってマリラのほおにキスをした。

「それもあるけど、あんたが小《ちい》さかったころのことを思《おも》い出《だ》しちゃってね……。アン、とうとう大人《おとな》になって、行《い》ってしまうのね。すっかりすてきになって、もうアボンリーみたいなところは、あんたにはふさわしくないわね。」

「マリラ！」

アンはマリラのひざの上《うえ》に座《すわ》り、両手《りょうて》でマリラの顔《かお》を包《つつ》みこんで言《い》った。

「あたし、本当《ほんとう》はひとつも変《か》わってないわ。どこに行《い》っても、見《み》た目《め》が変《か》わっても関係《かんけい》ないの。心《こころ》は、マリラが覚《おぼ》えてる小《ちい》さなアンのままよ。」

アンは自分《じぶん》のほおを、マリラのほおに押《お》し当《あ》てた。マリラはアンをだきしめ、このまま手放《てばな》さずにいられたらいいのにと思《おも》った。

マリラとだき合《あ》ったまま、アンは手《て》をのばしてマシューのかたにふれた。マシューは目《め》をしばたたかせて立《た》ちあがると、外《そと》へ出《で》た。夏《なつ》の星空《ほしぞら》の下《した》で、マシューはひとりごとを言《い》った。

「あの子《こ》はわしらにとっちゃ天《てん》のおめぐみだ。スペンサーの奥《おく》さんは本当《ほんとう》に幸運《こううん》なまちがいをしてくれなすったもんさ……。いや、あれは運《うん》じゃない。あれこそ天《てん》のおぼしめしだ。わしらにはあの子《こ》が必要《ひつよう》なんだと神様《かみさま》はお見通《みとお》しだったんだろう。」

晴《は》れた九月《くがつ》の朝《あさ》に、アンはアボンリーを去《さ》った。ダイアナとは涙《なみだ》ながらに別《わか》れをおしみ合《あ》ったが、マリラとは簡単《かんたん》にあいさつをしただけだった。マリラのほうも、涙《なみだ》ひとつ見《み》せなかった。アンがいなくなると、マリラは、そうじや家中《いえじゅう》の片《かた》づけにとりかかった。一日中《いちにちじゅう》働《はたら》いてさびしさを忘《わす》れようとしたが、焼《や》けつくような痛《いた》みがマリラを苦《くる》しめ続《つづ》けた。

そして夜《よる》になるとみじめな気持《きも》ちでベッドに入《はい》り、アンを思《おも》ってむせび泣《な》いた。

クイーンの女学生《じょがくせい》

クイーン学院《がくいん》での一日目《いちにちめ》、アボンリーから来《き》た面々《めんめん》は他《ほか》の新入生《しんにゅうせい》や先生《せんせい》たちにあいさつをしたり、自分《じぶん》の希望《きぼう》にあったクラスを選《えら》んだりしていそがしく過《す》ごした。

アンは、ステイシー先生《せんせい》にすすめられていたとおり、一年間《いちねんかん》で教員資格《きょういんしかく》が取《と》れるコースを選《えら》んだ。ふつうは二年《にねん》かかるところを一年《いちねん》ですべての勉強《べんきょう》を終《お》わらせるため、授業《じゅぎょう》についていくのは大変《たいへん》だ。

アボンリーから来《き》た女《おんな》の子《こ》たちと別《わか》れて、アンは一人《ひとり》でそのコースの教室《きょうしつ》に入《はい》っていった。心細《こころぼそ》い気持《きも》ちでいると、ギルバートを見《み》つけた。声《こえ》はかけなかったが、アンはギルバートがいてよかったと思《おも》った。ライバルがいるとわかると、

不安《ふあん》よりもやる気《き》が大《おお》きくなっていた。

アンは、ダイアナの紹介《しょうかい》してくれた家《いえ》で下宿《げしゅく》することになっていた。

夜《よる》、下宿先《げしゅくさき》の部屋《へや》で一人《ひとり》になると、グリーン・ゲイブルズのことが思《おも》い出《だ》された。

ここの窓《まど》から見《み》えるのは、見知《みし》らぬ人《ひと》たちが行《い》き交《か》う道路《どうろ》と、電話線《でんわせん》におおわれた空《そら》だけだ。見慣《みな》れた果樹園《かじゅえん》も、雪《ゆき》の女王《じょおう》も見《み》えず、小川《おがわ》のせせらぎも聞《き》こえない。

がまんしようと思《おも》ったが、どうしても涙《なみだ》があふれてきた。

そこに、アボンリーから来《き》た同級生《どうきゅうせい》のジェーンたちが訪《たず》ねてきた。

マリラが持《も》たせてくれたケーキをみんなと食《た》べているうちに、アンは少《すこ》し元気《げんき》をとりもどしてきた。

「ねえ、アンはもちろん金《きん》メダルを目指《めざ》すんでしょう?」

クイーン学院《がくいん》では、成績優秀者《せいせきゆうしゅうしゃ》には学年《がくねん》の終《お》わりに金《きん》メダルがおくられることになっている。

「ええ、一応《いちおう》そのつもりよ。」

金《きん》メダルはギルバートも目指《めざ》しているにちがいない。入学試験《にゅうがくしけん》では二人《ふたり》が同点《どうてん》で一位《いちい》になったが、メダルがもらえるのは学年《がくねん》で一人《ひとり》だけだ。

「今年《ことし》はエイブリー*1奨学金《しょうがくきん》も出《で》ることになったんですってよ。」

ジェーンの言葉《ことば》に、アンの胸《むね》が高鳴《たかな》った。エイブリー奨学金《しょうがくきん》は、国語《こくご》と文学《ぶんがく》で最高点《さいこうてん》を取《と》った生徒《せいと》におくられる。その奨学金《しょうがくきん》でレッドモンド大学《だいがく》に進学《しんがく》して、文学《ぶんがく》を専攻《せんこう》することができるのだ。

その晩《ばん》、ねむる前《まえ》にアンは決心《けっしん》した。

「あたし、きっと奨学金《しょうがくきん》をもらうわ。文学《ぶんがく》の*2学士号《がくしごう》をとったら、マシューがどんなに喜《よろこ》ぶか……。目標《もくひょう》があるってすばらしいわね。ひとつの目標《もくひょう》を達成《たっせい》すると、もっと高《たか》いところに新《あたら》しい目標《もくひょう》が待《ま》ってるの。これだから人生《じんせい》はおもしろいんだわ。」

*1 奨学金《しょうがくきん》……優秀《ゆうしゅう》な学生《がくせい》に対《たい》して、学校《がっこう》が授業料《じゅぎょうりょう》を免除《めんじょ》したり貸《か》したりする制度《せいど》。

*2 学士号《がくしごう》……大学《だいがく》を卒業《そつぎょう》したものにあたえられる学位《がくい》。

その後《ご》は週末《しゅうまつ》ごとにグリーン・ゲイブルズへ帰《かえ》ったおかげで、アンのホームシックはおさまっていった。しかしクリスマス休暇《きゅうか》が過《す》ぎると、金曜日《きんようび》にグリーン・ゲイブルズへ帰《かえ》ることはあきらめた。週末《しゅうまつ》も勉強《べんきょう》に打《う》ち込《こ》まなくては、授業《じゅぎょう》についていくことができなくなっていたのだ。

このころになると、学年末《がくねんまつ》の金《きん》メダルは、ギルバートかアンか、ルイス・ウィルソンという男子生徒《だんしせいと》のだれかがとるだろうとみなが思《おも》っていた。エイブリー奨学金《しょうがくきん》のほうは、六人《ろくにん》ほどが張《は》り合《あ》っていて、まだはっきりしたことは言《い》えなかった。

いそがしく過《す》ごしているうちに、また春《はる》がめぐってきた。学校《がっこう》での話題《わだい》は、学年末《がくねんまつ》の試験《しけん》のことばかりだった。ジェーンはこの二週間《にしゅうかん》で七《なな》ポンドもやせたと言《い》っていたが、アンは落《お》ち着《つ》いていた。

「あたしは全力《ぜんりょく》をつくしたもの。努力《どりょく》して勝利《しょうり》をおさめるのはすばらしいことだけど、その次《つぎ》にすばらしいのは、努力《どりょく》して失敗《しっぱい》することだと思《おも》うわ。」

試験《しけん》が終《お》わり、学校《がっこう》の掲示板《けいじばん》に結果《けっか》がはりだされる日《ひ》が来《き》た。

その朝《あさ》、アンとジェーンはいっしょに登校《とうこう》していた。もうすぐ、だれがメダルをとったのか、奨学金《しょうがくきん》はだれにあたえられるのかがわかる。試験前《しけんまえ》は、結果《けっか》にはこだわらないと思《おも》っていたはずなのに、アンは不安《ふあん》でたまらなかった。ジェーンのほうは、アンのように、特別《とくべつ》よい成績《せいせき》を目指《めざ》してきたわけではなく、落第《らくだい》することはないだろうとわかっていたので気楽《きらく》そうだった。

「アン、心配要《しんぱいい》らないわ。メダルか奨学金《しょうがくきん》か、どちらかはもらえるわよ。」

笑顔《えがお》のジェーンに、アンは青白《あおじろ》い顔《かお》で答《こた》えた。

「あたし、結果《けっか》を見《み》にいく勇気《ゆうき》がないわ。お願《ねが》い、ジェーン。一人《ひとり》で行《い》って、どうだったか教《おし》えてちょうだい。」

アンがあまりに深刻《しんこく》なようすなので、ジェーンも真顔《まがお》でうなずいた。

ジェーンと別《わか》れてアンが学院内《がくいんない》の階段《かいだん》を上《のぼ》っていくと、男子学生《だんしがくせい》たちがギルバートをかた車《ぐるま》してさわいでいた。

「ギルバート、ばんざい！　金《きん》メダル、ばんざい！」

アンは自分《じぶん》が負《ま》けたのだとわかって、いっしゅん目《め》の前《まえ》が暗《くら》くなった。マシューがこのことを知《し》ったら、どんなにがっかりするだろう――。

そのときだ。男子学生《だんしがくせい》のだれかがさけんだ。

「エイブリー奨学生《しょうがくせい》、アン・シャーリー、ばんざい！」

ジェーンがこちらに走《はし》ってくるのも見《み》えた。

「アン！　おめでとう！」

ほかの女子学生《じょしがくせい》たちもアンを取《と》り囲《かこ》んで、口々《くちぐち》に「おめでとう」と言《い》った。

数日後《すうじつご》、クイーン学院《がくいん》の卒業式《そつぎょうしき》が講堂《こうどう》で行《おこな》われた。マシューとマリラもアボンリーからやって来《き》て出席《しゅっせき》した。式《しき》の間《あいだ》二人《ふたり》の目《め》は、だん上《じょう》でパステルグリーンのドレスを着《き》たアンにくぎづけだった。アンが卒業生《そつぎょうせい》を代表《だいひょう》してスピーチを始《はじ》めると、まわりから「あの子《こ》が奨学金《しょうがくきん》をもらった子《こ》だ」とささやく声《こえ》が聞《き》こえてきた。

アンのスピーチが終《お》わると、講堂《こうどう》に入《はい》ってから初《はじ》めてマシュー

が口《くち》を開《ひら》いた。

「あの子《こ》をうちに置《お》くことにして、やっぱりよかったろう？　マリラ。」

「よかったと思《おも》ったのは、これが初《はじ》めてじゃないわよ。」

とマリラはやり返《かえ》した。


卒業式《そつぎょうしき》の日《ひ》の夜《よる》のうちに、アンは、マシューとマリラといっしょにグリーン・ゲイブルズに帰《かえ》った。ダイアナにむかえてもらって自分《じぶん》の部屋《へや》に入《はい》ると、アンはまず窓《まど》から景色《けしき》をながめた。果樹園《かじゅえん》のリンゴの木々《きぎ》は白《しろ》い花《はな》をつけ、久《ひさ》しぶりに会《あ》う雪《ゆき》の女王《じょおう》も、アンの帰《かえ》りを喜《よろこ》んでいるかのようにきれいな花《はな》をさかせていた。

「アン、エイブリー奨学金《しょうがくきん》をもらったんだから、大学《だいがく》に進《すす》むのよね？」

「ええ、九月《くがつ》にはレッドモンドに行《い》くわ。それまで三《さん》か月《げつ》、思《おも》いきり夏休《なつやす》みを楽《たの》しまなくちゃ。」

「ギルバートは新学期《しんがっき》からアボンリーの学校《がっこう》で先生《せんせい》をするみたいよ。働《はたら》いて、自分《じぶん》で学費《がくひ》をかせいでから大学《だいがく》に行《い》くんですって。」

意外《いがい》な話《はなし》に、アンは驚《おどろ》いた。ギルバートもレッドモンド大学《だいがく》に行《い》くものだと思《おも》い込《こ》んでいたのだ。大学《だいがく》ではギルバートと成績《せいせき》を競《きそ》い合《あ》うことがないのだと思《おも》うと、アンは急《きゅう》に気《き》がぬけてしまった。

翌朝《よくあさ》、アンは食事中《しょくじちゅう》のマシューを見《み》ていて、顔色《かおいろ》が悪《わる》く、元気《げんき》がないと感《かん》じた。食《た》べ終《お》えてマシューが席《せき》を立《た》ったあと、アンはマリラにたずねた。

「マシューの体《からだ》の具合《ぐあい》はどうなの？」

「実《じつ》は、春《はる》に心臓《しんぞう》の具合《ぐあい》が悪《わる》くなったのよ。なのに、ちっとも休《やす》もうとしなくてずいぶん心配《しんぱい》したわ。最近《さいきん》は落《お》ち着《つ》いてるようだし、仕事《しごと》を手伝《てつだ》ってくれる人《ひと》もたのんだから、少《すこ》しはのんびりしてくれるんじゃないかと思《おも》ってるんだけどね。何《なに》よりあんたが帰《かえ》ってきたんだから、元気《げんき》が出《で》るんじゃないかしら。」

アンは、テーブルごしに身《み》を乗《の》りだして、マリラのほおを両手《りょうて》ではさんだ。

「マリラもあまり元気《げんき》がないみたいじゃない。働《はたら》きすぎなんだわ。あたしが帰《かえ》ってきたんだから、少《すこ》しはのんびりして。」

「このごろ、目《め》の奥《おく》が痛《いた》んで、本《ほん》を読《よ》んだり縫《ぬ》いものをしたりするのが不自由《ふじゆう》なの。でも心配《しんぱい》ないわ。六月《ろくがつ》の終《お》わりに有名《ゆうめい》な眼科《がんか》の先生《せんせい》が島《しま》にいらっしゃるそうだから、みてもらうつもりよ。それよりも、ちょっと気《き》になることがあってね。アン、アビー銀行《ぎんこう》のこと、何《なに》か聞《き》いていない？」

「ああ、経営《けいえい》が危《あぶ》ないらしいって聞《き》いたわ。」

「やっぱり。レイチェルも先週《せんしゅう》そんなことを言《い》ってたのよ。うちの貯金《ちょきん》は全部《ぜんぶ》あそこに預《あず》けてあるから、マシューに、すぐに引《ひ》きだしたほうがいいって言《い》ったんだけどね、マシューが聞《き》いた話《はなし》じゃ大丈夫《だいじょうぶ》だって言《い》うのよ。」

それからマリラと朝食《ちょうしょく》の後片《あとかた》づけをすませて、アンは果樹園《かじゅえん》に出《で》た。天気《てんき》にめぐまれ、すべてが明《あか》るくきらめいていた。

夕方《ゆうがた》には、マシューといっしょに恋人《こいびと》たちの小道《こみち》を通《とお》って、裏《うら》の牧草地《ぼくそうち》まで牛《うし》を連《つ》れにいった。夕焼《ゆうや》け色《いろ》にそまった道《みち》を、二人《ふたり》はゆっくりと歩《ある》いた。

「マシュー、今日《きょう》も働《はたら》きすぎたんじゃない？　あたしが男《おとこ》の子《こ》だったらね……。マシューとマリラが最初《さいしょ》に望《のぞ》んでたとおり男《おとこ》の子《こ》だったら、いくらでも仕事《しごと》を手《て》伝《つだ》って、マシューに楽《らく》をさせてあげられるのに。」

「いやあ、わしはな、アン。男《おとこ》の子《こ》が一《いち》ダースいるより、お前《まえ》のほうがいいよ。」

マシューはアンの手《て》をにぎって言《い》った。

「本当《ほんとう》だよ、アン。エイブリー奨学金《しょうがくきん》をもらったのだって、うちの女《おんな》の子《こ》だったじゃないか。アンは、わしのほこりだよ。」

そしてマシューは、はにかんだような笑《え》みをアンに向《む》けた。

その晩《ばん》、アンは自分《じぶん》の部屋《へや》でマシューのほほえみを思《おも》いうかべ、長《なが》い間《あいだ》窓辺《まどべ》に座《すわ》っていた。過《す》ぎ去《さ》った日々《ひび》を思《おも》い、未来《みらい》を夢見《ゆめみ》た。窓《まど》の外《そと》では、雪《ゆき》の女王《じょおう》が月明《つきあ》かりに照《て》らされて白《しろ》くかがやいていた。

この夜《よる》のことをアンはいつまでも忘《わす》れなかった。それは、悲《かな》しみがおとずれる前《まえ》の、最後《さいご》の夜《よる》だった。

第《だい》10章《しょう》

このすばらしき世界《せかい》

別《わか》れの日《ひ》

次《つぎ》の日《ひ》の朝《あさ》、散歩《さんぽ》に出《で》かけたアンは、白《しろ》スイセンをつんでグリーン・ゲイブルズに帰《かえ》ってきた。玄関《げんかん》に入《はい》ると、マリラの引《ひ》きつった声《こえ》が耳《みみ》に飛《と》び込《こ》んできた。

「マシュー！　マシュー、どうしたの？」

スイセンを放《ほう》りだしてとんでいくと、ベランダで、マシューが新聞《しんぶん》を手《て》にしてたおれていた。畑《はたけ》の手伝《てつだ》いにきているマーティンがすぐに医者《いしゃ》を呼《よ》びにいった。マーティンは途中《とちゅう》でバリー家《け》にも急《きゅう》を知《し》らせていき、バリー夫妻《ふさい》は、ちょうど訪《たず》ねてきていたリンド夫人《ふじん》といっしょにグリーン・ゲイブルズにかけつけた。

リンド夫人《ふじん》はマシューの脈《みゃく》をとった。そして心臓《しんぞう》に耳《みみ》を当《あ》てると、涙《なみだ》のうかんだ

目《め》でアンたちを見《み》つめた。

「もう……、どうすることもできないわ。」

アンは、全身《ぜんしん》から血《ち》の気《け》が引《ひ》いていくのを感《かん》じた。

その後《ご》やって来《き》た医者《いしゃ》の話《はなし》によれば、マシューは何《なに》か突然《とつぜん》のショックで心臓《しんぞう》の発作《ほっさ》が起《お》きたのだろうということだった。原因《げんいん》は、マシューが手《て》にしていた新聞《しんぶん》にちがいなかった。そこにはアビー銀行《ぎんこう》が倒産《とうさん》したという記事《きじ》がのっていたのだ。

マシューの死《し》はまたたく間《ま》にアボンリーじゅうに知《し》れわたった。友人《ゆうじん》や近所《きんじょ》の人《ひと》たちがひっきりなしにやって来《き》て、応接間《おうせつま》のひつぎのなかでねむるマシューにお別《わか》れを言《い》った。日《ひ》ごろはあまり感情《かんじょう》を見《み》せないマリラも激《はげ》しく泣《な》き続《つづ》けた。しかしアンは、しめつけられるような胸《むね》の痛《いた》みを感《かん》じるばかりで、涙《なみだ》はひと粒《つぶ》も出《で》なかった。

夜《よる》が来《き》ても胸《むね》の痛《いた》みは消《き》えなかったが、一日《いちにち》のつかれで、アンはいつの間《ま》にかねむっていた。夜中《よなか》に目《め》が覚《さ》めると、真《ま》っ暗《くら》な部屋《へや》のなかでマシューの笑顔《えがお》が目《め》にうかび、「アンはわしのほこりだよ。」という声《こえ》が聞《き》こえたような気《き》がした。そのとき、初《はじ》めて涙《なみだ》があふれてきた。胸《むね》がはりさけそうで、アンは声《こえ》をあげて泣《な》いた。

その泣《な》き声《ごえ》を聞《き》いて、マリラが部屋《へや》に入《はい》ってきた。

「ああ、マリラ、マシューなしで、どうやって生《い》きていったらいいの？」

「さあ、そんなに泣《な》かないで。あたしたちには、おたがいがいるじゃないの……。ねえ、アン。わたし一度《いちど》もこんなこと言《い》ったことはなかったけど、あんたのことを本当《ほんとう》に愛《あい》してるわ。血《ち》をわけた肉親《にくしん》のように思《おも》ってるのよ。」

二日後《ふつかご》、マシューのひつぎは墓地《ぼち》におさめられた。しばらくすると、アボンリーに元通《もとどお》りの日常《にちじょう》がもどった。

アンは、マシューがいなくても自分《じぶん》の毎日《まいにち》が成《な》り立《た》っていくことがさびしかった。花《はな》のつぼみが開《ひら》くのを見《み》てうれしくなったり、ダイアナがおかしな話《はなし》をして笑《わら》ったりすると、自分《じぶん》が悪《わる》いことをしているような気分《きぶん》になった。

ある夕方《ゆうがた》、アンは牧師夫人《ぼくしふじん》のミセス・アランを訪《たず》ねて話《はなし》をした。

「楽《たの》しみを感《かん》じると、マシューを裏切《うらぎ》っているみたいな気《き》がするんです。」

「気持《きも》ちはわかるわ。だけどマシューは、アンの笑《わら》い声《ごえ》を聞《き》くのが好《す》きだったでしょ

う？　今《いま》もマシューは、遠《とお》くでアンの笑《わら》い声《ごえ》を聞《き》きたがっているわよ。」

アンはまた、マシューのはにかんだような笑顔《えがお》を思《おも》い出《だ》した。

「あたし、今日《きょう》マシューのお墓《はか》にバラの苗《なえ》を植《う》えたんです。マシューが一番好《いちばんす》きだった白《しろ》いバラです。天国《てんごく》にも、あのバラがあるといいのに……。」

夕方《ゆうがた》、グリーン・ゲイブルズに帰《かえ》ったアンは、マリラに同級生《どうきゅうせい》たちの話《はなし》をした。

「そういえば、先週《せんしゅう》、教会《きょうかい》でギルバートを見《み》かけたわ。なかなかいい青年《せいねん》になったわね。お父《とう》さんのジョンの若《わか》いころとよく似《に》てる。ジョンとわたしはね、昔《むかし》はすごく仲《なか》がよかったのよ。わたしたちのこと、恋人同士《こいびとどうし》だなんていう人《ひと》もいたぐらい。」

「えっ、そうなの!?――で、ジョンとはそれからどうなったの？」

「けんかしたのよ。ジョンが謝《あやま》ってきたときに、わたしが意地《いじ》を張《は》って許《ゆる》してあげなくてね。あとになって、許《ゆる》してあげればよかったと思《おも》ったりもしたわね。」

「そう……。そんなことがあったの。」

「自分《じぶん》でも忘《わす》れてたぐらい昔《むかし》の話《はなし》よ。」

道《みち》の曲《ま》がり角《かど》

次《つぎ》の日《ひ》、アンがダイアナの家《いえ》から帰《かえ》ると、マリラが台《だい》所《どころ》に座《すわ》っていた。がっくりとかたを落《お》としたマリラを見《み》て、アンは背筋《せすじ》が寒《さむ》くなった。そんなマリラの姿《すがた》は今《いま》まで見《み》たことがなかったのだ。

その日《ひ》マリラは町《まち》に出《で》かけて、眼科《がんか》の先生《せんせい》の診察《しんさつ》を受《う》けてきていた。

「マリラ、大丈夫《だいじょうぶ》？　先生《せんせい》には何《なん》て言《い》われたの？」

「本《ほん》を読《よ》んだり縫《ぬ》いものをしたり、目《め》がつかれることは全部《ぜんぶ》やめて、泣《な》かないように気《き》をつけなさいって。先生《せんせい》がくださるめがねをかけていれば、これ以上《いじょう》は悪《わる》くならないそうよ。でも言《い》われたことを守《まも》らなかったら、半年《はんとし》で見《み》えなくなるって。」

アンはしばらく何《なに》も言《い》えず、やっと口《くち》を開《ひら》いたときには声《こえ》がふるえていた。

「悪《わる》く考《かんが》えちゃだめよ。気《き》をつけていれば見《み》えなくなるわけじゃないんだから。」

「だけど、目《め》を使《つか》うことは全部《ぜんぶ》だめだなんて、何《なに》を楽《たの》しみに生《い》きればいいの。泣《な》いちゃいけないっていったって、さびしいときは仕方《しかた》がないじゃないの……。まあ何《なに》を言《い》っても仕方《しかた》がないわ。アン、お茶《ちゃ》をいれてくれる？　何《なん》だかもうくたくたでね。このことは当分《とうぶん》だれにも言《い》わないでちょうだい。あれこれ聞《き》かれたり同情《どうじょう》されたりするのはたまらないからね。」

その日《ひ》、夕食《ゆうしょく》を終《お》えて自分《じぶん》の部屋《へや》に上《あ》がると、アンは暗《くら》い窓辺《まどべ》に座《すわ》って涙《なみだ》をこぼした。しかしベッドに入《はい》るころには、アンの気持《きも》ちはおだやかになっていた。今《いま》、何《なに》をするべきなのかを自分《じぶん》に問《と》いかけ、その答《こた》えがはっきりとわかったのだ。

数日後《すうじつご》の午後《ごご》、マリラに来客《らいきゃく》があった。アンも顔見知《かおみし》りのジョン・サドラーという男性《だんせい》で、彼《かれ》が帰《かえ》っていくと、マリラは青《あお》ざめた顔《かお》で台所《だいどころ》にこしを下《お》ろした。

「マリラ、サドラーさんは何《なん》のご用《よう》だったの？」

「わたしがグリーン・ゲイブルズを売《う》ると聞《き》いてやって来《き》たのよ。ここを買《か》いたいんですって。」

「うそでしょう!? ここを売《う》るだなんて！」

「ほかにどんな道《みち》があるって言《い》うの？ わたしの目《め》はいつ見《み》えなくなるかわからないし、とても農園《のうえん》をやっていけるような状態《じょうたい》じゃないわ。銀行《ぎんこう》がつぶれて貯金《ちょきん》はなくなってしまったし、レイチェルが家《いえ》を売《う》ってどこかに間借《まが》りしたらいいとすすめてくれたの。きっと自分《じぶん》の家《いえ》に来《く》るように言《い》ってくれるつもりなのよ。あんたには奨学金《しょうがくきん》があってよかったわ。お休《やす》みに帰《かえ》ってこられる家《いえ》はなくなってしまうけど。」

そこまで言《い》うと、マリラはたえきれず、激《はげ》しく泣《な》きだした。

「わたしだってこの家《いえ》を売《う》りたくなんかないわよ。でも、わたし一人《ひとり》じゃ、とてもここにいられないわ。さびしさでどうにかなってしまうし、目《め》だってきっと……。」

「一人《ひとり》でいる必要《ひつよう》なんてないのよ。あたしがいる。あたし、レッドモンドへは行《い》かないわ。」

「何《なん》ですって!?」

「あたし、奨学金《しょうがくきん》は受《う》けないことにしたの。マリラが診察《しんさつ》に行《い》ってきた日《ひ》の夜《よる》に決《き》めたのよ。だって、マリラを一人《ひとり》にして放《ほう》っておけると思《おも》う? いろいろ考《かんが》えて、これからの計画《けいかく》も立《た》てたわ。農園《のうえん》はバリーさんが借《か》りたいって言《い》ってくれてるし、あたしはここに残《のこ》って教師《きょうし》をするの。アボンリーの学校《がっこう》はもうギルバートが教《おし》えることに決《き》まってるみたいだけど、カーモディーの学校《がっこう》なら大丈夫《だいじょうぶ》そうなのよ。気候《きこう》がいいうちは馬車《ばしゃ》で通《かよ》えばいいし、冬《ふゆ》は週末《しゅうまつ》ごとに帰《かえ》ってくるわ。」

「ああ、アン……そりゃあんたがいてくれたら、わたしだってうれしいに決《き》まってるよ。だけど、わたしのために大学《だいがく》をあきらめるなんてとんでもないわよ。」

「もう決《き》めたのよ。レッドモンドへは行《い》きません。あたし、いい教師《きょうし》になるわ。それに勉強《べんきょう》は家《いえ》で続《つづ》けようと思《おも》うの。大学《だいがく》の通信講座《つうしんこうざ》を受《う》ければいいことだもの。」

「本当《ほんとう》に、それでいいのかしら……。」

「あのね、マリラ。クイーンを卒業《そつぎょう》したときは、あたしの未来《みらい》は真《ま》っすぐな道《みち》みたいに、ずっと先《さき》まで見通《みとお》せる気《き》がしてたの。でも今《いま》は、先《さき》に曲《ま》がり角《かど》が見《み》えるのよ。角《かど》を曲《ま》がったら何《なに》があるのかわからないけど、きっといいことが待《ま》ってるって信《しん》じることにしたの。曲《ま》がり角《かど》にだって、それなりに魅力《みりょく》はあるものよ。曲《ま》がった先《さき》がどうなっているのか想像《そうぞう》するのってすてきじゃない。」

「アン……。あんたのおかげでわたし、なんだか生《い》き返《かえ》ったみたいな気《き》がするわ。」

アンが大学《だいがく》へ行《い》くのをやめたという話《はなし》はすぐにアボンリーじゅうに広《ひろ》まった。だれもマリラの目《め》のことを知《し》らなかったので、たいていの人《ひと》はもったいないことをするものだという考《かんが》えだった。

ある日《ひ》、アンとマリラは玄関《げんかん》の前《まえ》に座《すわ》って夏《なつ》のたそがれを楽《たの》しんでいた。二人《ふたり》は、しっとりとした空気《くうき》がハッカのにおいを運《はこ》んでくるこの時間《じかん》が好《す》きなのだ。

そこに、リンド夫人《ふじん》がやってきた。

「アン。あんた、新学期《しんがっき》からアボンリーの学校《がっこう》の先生《せんせい》になるんだって？　理事《りじ》会《かい》がアンにたのむことに決《き》めたって聞《き》いたけど。」

アンはおどろいて立《た》ちあがった。

「えっ⁉　ギルバートに決《き》まってたんじゃないんですか？」

「ええ、そうでしたよ。でもあんたがアボンリーに残《のこ》るって聞《き》いて、ギルバートは自分《じぶん》のかわりにアンを採用《さいよう》してほしいって理事会《りじかい》に言《い》ったそうよ。自分《じぶん》はホワイト・サンドの学校《がっこう》で教《おし》えるからって。あんたがどんなにマリラといっしょにいたいか考《かんが》えたんでしょうよ。ホワイト・サンドじゃ通《かよ》えないし、下宿代《げしゅくだい》がかかるのにねえ。ギルバートは自分《じぶん》で大学《だいがく》の学費《がくひ》を貯《た》めるんだっていうじゃないの。」

「あたし――あたしのためにそんなことしてもらうなんて、できないわ。」

「今《いま》さらやめるってわけにもいかないわよ。ギルバートはもう、ホワイト・サンドの理事会《りじかい》と契約《けいやく》しちゃったんですからね。」

次《つぎ》の日《ひ》の夕方《ゆうがた》、アンはマシューのお墓参《はかまい》りに出《で》かけて、バラに水《みず》をやった。そして日暮《ひぐ》れまでそこで過《す》ごして、輝《かがや》きの湖水《こすい》に続《つづ》く長《なが》い坂《さか》を下《くだ》りながら、アボンリーの村《むら》を見《み》わたした。

「あたし、こんなにすてきな世界《せかい》に生《い》きられて、うれしいわ。」

そのとき、背《せ》の高《たか》い青年《せいねん》が口笛《くちぶえ》を吹《ふ》きながら、ブライス農園《のうえん》の門《もん》を開《あ》けて出《で》てきた。ギルバートだ。ギルバートはアンに気《き》づくと、口笛《くちぶえ》をやめ、そのまま通《とお》りすぎようとした。しかし、アンが立《た》ちどまって、手《て》を差《さ》し出《だ》した。

「あの、ギルバート。あたしのためにアボンリーの学校《がっこう》での仕事《しごと》をゆずってくれてありがとう。本当《ほんとう》に感謝《かんしゃ》しています。」

顔《かお》を赤《あか》くしてアンが言《い》うと、ギルバートは笑顔《えがお》でアンの手《て》をにぎった。

「大《たい》したことじゃないよ。君《きみ》のために、何《なに》か少《すこ》しでも役《やく》に立《た》ちたかったんだ……。ねえ、ぼくら、これからは友《とも》だちになれる？」

「あたし……本当《ほんとう》は、ボートで助《たす》けてもらった日《ひ》に、もう許《ゆる》してたの。なのに本当《ほんとう》にばかで強情《ごうじょう》っぱりで……。正直《しょうじき》に言《い》うわ。あれからずっと後悔《こうかい》してたの。」

すると、ギルバートの顔《かお》がぱっと明《あか》るくなった。

「だったら、これからうんと仲《なか》よくなれるね。きっと、いろんなことで助《たす》け合《あ》っていけるよ。勉強《べんきょう》は続《つづ》けるんだろう？　ぼくもだよ。さあ、行《い》こう。送《おく》っていくよ。」


グリーン・ゲイブルズにもどると、マリラが話《はな》しかけてきた。

「アン、そこまで一緒《いっしょ》に来《き》てたのはだれだったの？」

「……ギルバート・ブライスよ。バリーの丘《おか》のところでぐうぜん会《あ》ったの。」

そう答《こた》えただけで、アンはまた顔《かお》が赤《あか》くなった。

「へえ。三十分《さんじっぷん》も立《た》ち話《ばなし》するほどギルバートと仲《なか》がいいとは知《し》らなかったわ。」

マリラは冷《ひ》やかすような笑《え》みをうかべた。

「仲《なか》よくなんてなかったのよ。だけど、これからは友《とも》だちになったほうがいいってことになって……ねえ、本当《ほんとう》に三十分《さんじっぷん》も話《はな》してた？　ほんの二《に》、三分《さんぷん》みたいな気《き》がするけど……。とにかくね、あたしたち五年間《ごねんかん》も口《くち》をきかなかった分《ぶん》のうめ合《あ》わせをしなくちゃならないのよ。」

その夜《よる》、アンは、自分《じぶん》の部屋《へや》で満《み》ち足《た》りた気分《きぶん》で窓辺《まどべ》に座《すわ》っていた。風《かぜ》が優《やさ》しく鳴《な》って、ハッカのかおりもただよってきた。頭上《ずじょう》には星《ほし》がまたたいている。

アンが進《すす》む道《みち》は、クイーン学院《がくいん》からもどったときに考《かんが》えていたものとはずいぶん変《か》わってしまった。でもその道《みち》には、ささやかだけれど美《うつく》しい花《はな》がさいているだろうとアンは感《かん》じていた。一生懸命《いっしょうけんめい》に働《はたら》く喜《よろこ》び、目標《もくひょう》に向《む》かって進《すす》んでいく喜《よろこ》び、気《き》の合《あ》った友《とも》と過《す》ごす喜《よろこ》び、そのすべてがアンを待《ま》っている。アンが持《も》って生《う》まれた想像力《そうぞうりょく》も、思《おも》いえがく理想《りそう》の世界《せかい》も、だれにもうばうことはできない。そしてどんな道《みち》の先《さき》にも、曲《ま》がり角《かど》はあるのだ。

「神様《かみさま》がいらっしゃるかぎり、何《なに》もかもうまくいくわ。」

アンはほほえみ、そうささやいた。

果《か》樹《じゅ》園《えん》のキルメニイ

もくじ

登《とう》場《じょう》人《じん》物《ぶつ》紹《しょう》介《かい》

物語《ものがたり》の中心《ちゅうしん》となる登場人物《とうじょうじんぶつ》です。

エリック

責任感《せきにんかん》が強《つよ》く、思《おも》いやりのあるやさしい青《せい》年《ねん》。大学卒業後《だいがくそつぎょうご》、友人《ゆうじん》のたのみでリンゼイ中《ちゅう》学《がく》の代用教員《だいようきょういん》となる。

キルメニイ

漆黒《しっこく》の髪《かみ》、青《あお》いひとみが美《うつく》しい少女《しょうじょ》。複雑《ふくざつ》な生《お》い立《た》ちで、耳《みみ》は聞《き》こえるが言葉《ことば》が話《はな》せない。バイオリンが得《とく》意《い》。

ネイル

生《う》まれてすぐに両親《りょうしん》がいなくなり、ゴードン家《け》に引《ひ》き取《と》られた。頭《あたま》がよくて働《はたら》き者《もの》だが、かんしゃく持《も》ち。

物語《ものがたり》のカギとなる重要《じゅうよう》なシーンを紹介《しょうかい》します。

名《めい》場《ば》面《めん》集《しゅう》

『わたしは、もうあなたをこわがりません』

石板《せきばん》を使《つか》ってコミュニケーション（第《だい》2章《しょう》）

人《ひと》と接《せっ》することに臆病《おくびょう》になっていたキルメニイ。エリックと出会《であ》い、石板《せきばん》で会話《かいわ》をするうちに、いつしか心《こころ》を開《ひら》くように……。

『これでもあなたは自分《じぶん》をみにくいと思《おも》いますか？』

初《はじ》めて見《み》る自分《じぶん》の姿《すがた》（第《だい》3章《しょう》）

自分《じぶん》の姿《すがた》を見《み》たことがないキルメニイに、エリックが鏡《かがみ》をプレゼントしました。

『自分《じぶん》の気持《きも》ちをバイオリンに話《はな》してもらうんです』

キルメニイはバイオリンが得意《とくい》（第《だい》2章《しょう》）

話《はな》せないかわりに、そのときの気持《きも》ちをバイオリンの音色《ねいろ》で表現《ひょうげん》します。

第《だい》1章《しょう》 黒髪《くろかみ》の乙女《おとめ》

カナダ、クインスリー大学《だいがく》
本日《ほんじつ》は卒業《そつぎょう》おめでとう。
みなさんにかがやかしい未来《みらい》が待《ま》っていることを願《ねが》います。
エリック・マーシャル
いい式《しき》だった。

首席《しゅせき》で卒業《そつぎょう》とはすごいな! おじさんはどうして息子《むすこ》の晴《は》れ姿《すがた》を見《み》にこなかったんだい?

もちろん仕事《しごと》だよ。

デビッド・ベーカー
エリックのまたいとこ
君《きみ》、すぐにおじさんの会社《かいしゃ》に入《はい》るんだって?

ああ、そのつもりだ。

ぼくは父《とう》さんが一代《いちだい》で築《きず》いたマーシャル百貨店《ひゃっかてん》をカナダ一《いち》、いや、世界一《せかいいち》のデパートにしたいんだ。

さすがだな、エリック!

ああ、そう言《い》えば、父兄席《ふけいせき》でぼくの後《うし》ろに座《すわ》っていた人《ひと》がおもしろいうわさ話《ばなし》をしていたよ。

君《きみ》の隣《となり》にいたアグネスは、未来《みらい》のエリック・マーシャル夫人《ふじん》らしいじゃないか。

未来《みらい》のエリック・マーシャル夫人《ふじん》なんて、
ぼくはまだ探《さが》し始《はじ》めてもいないよ。

それは残念《ざんねん》だな。彼女《かのじょ》はきっと、君《きみ》の亡《な》くなったお母《かあ》さんのようにすばらしい女性《じょせい》だと思《おも》うんだが。

結婚《けっこん》なんて、まだまったく考《かんが》えられない。
それに、アグネスはぼくの友《とも》だちのラリーの恋人《こいびと》だ。
ラリー・ウェスト
ああ、ラリーか。彼《かれ》は今《いま》、どうしてるんだ?
家《いえ》の事情《じじょう》で学費《がくひ》が払《はら》えなくなって
二年生《にねんせい》の終《お》わりに退学《たいがく》してね…。
でも何《なん》とか卒業《そつぎょう》しようと、今《いま》は学費《がくひ》をかせいでる。
プリンス・エドワード島《とう》の中学校《ちゅうがっこう》で教師《きょうし》をしてるんだよ。
それじゃあここで
ただいま。
ガチャ
ふぅ

……
ペラ
!
ラリーー!
ぱあっ
……。
なんだって…!?
ラリーが入院《にゅういん》か。気《き》の毒《どく》なことだな。
父《とう》さんもご存知《ぞんじ》ですよね。あまり丈夫《じょうぶ》じゃないのに無理《むり》をしていたんでしょう。

それで、六月《ろくがつ》の終《お》わりまでぼくに、中学《ちゅうがく》の教師《きょうし》の代理《だいり》をしてほしいと言《い》ってきてるんですが…。

プリンス・エドワード島《とう》のリンゼイという町《まち》で。

そうか…まあ、仕事《しごと》に就《つ》いていそがしくなる前《まえ》に、しばらく田舎《いなか》で過《す》ごすのもいいだろう。

チラッ
お前《まえ》の母《かあ》さんも、ここにいたらきっと賛成《さんせい》したさ。ラリーを助《たす》けてあげなさい。

ありがとうございます。

先生《せんせい》さようなら～ー
先生《せんせい》、どうも。

こんにちは

!
イタリア人《じん》だろうか？
めずらしい…。

ロバート・ウィリアムソン
エリックの下宿先《げしゅくさき》の主人《しゅじん》
さっきまで友人《ゆうじん》のアレキサンダーという男《おとこ》が訪《たず》ねてきておったんです。

先生《せんせい》にお会《あ》いしたかったと残念《ざんねん》がっていましたよ。

多分《たぶん》、ぼくはアレキサンダーさんを見《み》かけましたよ。

背《せ》の高《たか》い、白髪《しらが》でちょっとこわそうな人《ひと》でしょう?

いいや、太《ふと》った陽気《ようき》な男《おとこ》です。先生《せんせい》が言《い》ってなさるのは、トマス・ゴードンに違《ちが》いない。

ネイルもいっしょだったでしょう? 黒髪《くろかみ》で目《め》の大《おお》きな若者《わかもの》です。

ああ、あのイタリア人《じん》のような。

『ような』じゃなく、イタリア人《じん》なんですよ。

昔《むかし》、ゴードン家《け》に、イタリア人《じん》の夫婦《ふうふ》連《づ》れの行商《ぎょうしょう》が来《き》ましてね。

おなかの大《おお》きな母親《ははおや》の具合《ぐあい》が悪《わる》くなったもので、家《いえ》に上《あ》げて看病《かんびょう》したそうなんです。

ところが次《つぎ》の日《ひ》、赤《あか》んぼうを産《う》んですぐに死《し》んでしまって。

おまけにだんなのほうは、子《こ》どもを置《お》いて姿《すがた》を消《け》したんですよ。

それでトマスの親父《おやじ》さんのジェームスが、赤《あか》んぼうを引《ひ》き取《と》ると決《き》めたってわけです。

その赤《あか》ちゃんが、あのネイルですか。

ええ、ネイルは働《はたら》き者《もの》だが、ひどいかんしゃく持《も》ちで。学校《がっこう》ではけんかばかり。

あの子《こ》がひどくいじめられていたせいですよ。ネイルの親《おや》がわりのトマスとジャネットは、兄妹《きょうだい》そろって大《だい》の人《ひと》ぎらい。ゴードン家《け》は町《まち》の人々《ひとびと》とつき合《あ》いません。

そうなんですか…。

少《すこ》し風《かぜ》にあたろう。
ずいぶんと荒《あ》れているが、
!
ここは果樹園《かじゅえん》のようだな…。
バイオリンの音《おと》…?

!!
ポロッ
あの、おどろかせてすみません。
ビクッ
たっ
あっ…。

……。
後日《ごじつ》――。
いないか…。
弓《ゆみ》がなくなっている…。
きれいな人《ひと》だったな…。

もう帰《かえ》ろう。
!
いない…。
リンゼイに住《す》んでいるなら、
きっとここで会《あ》えると思《おも》ったのに。

第《だい》2章《しょう》 初恋《はつこい》

忘《わす》れられない人《ひと》

別《べつ》の日《ひ》にエリックはもう一度《いちど》果樹園《かじゅえん》に出《で》かけてみたが、あの少女《しょうじょ》に会《あ》うことはできなかった。どうしても彼女《かのじょ》のことが頭《あたま》からはなれないので、エリックはウィリアムソン夫人《ふじん》にたずねてみた。

「えぞ松《まつ》の林《はやし》の向《む》こうに果樹園《かじゅえん》がありますよね？　あれはだれのものですか？」

「あのあたりの土地《とち》は全部《ぜんぶ》トマス・ゴードンのものですよ。」

「そうですか。あそこで、若《わか》い娘《むすめ》がバイオリンを弾《ひ》いていたんですが。」

「それはきっと、キルメニイですね。トマスのめいですよ。」

あの少女《しょうじょ》が気難《きむずか》しそうなトマスのめいだと聞《き》いて、エリックはおどろいた。

「リンゼイの町《まち》でキルメニイの姿《すがた》を見《み》たことがある者《もの》は、ほんのわずかなんですよ、先生《せんせい》。わたしだって会《あ》ったことがないんです。」

「彼女《かのじょ》、ぼくを見《み》るとひどくおびえて、声《こえ》も出《だ》さずににげてしまいました。」

「それは仕方《しかた》がありませんね。キルメニイは言葉《ことば》が話《はな》せないんですから。」

「言葉《ことば》が話《はな》せない？　耳《みみ》が聞《き》こえないんですか？　バイオリンが弾《ひ》けるのに？」

「いいえ、キルメニイは耳《みみ》が悪《わる》いわけじゃないんですよ。」

「……どういうことでしょう？」

不思議《ふしぎ》そうなエリックに、ウィリアムソン夫人《ふじん》はキルメニイの身《み》の上《うえ》を聞《き》かせた。

キルメニイの身《み》の上《うえ》

キルメニイの母《はは》のマーガレットは、トマス・ゴードンとジャネット・ゴードンの妹《いもうと》で、三年前《さんねんまえ》に病気《びょうき》で亡《な》くなっている。

ウィリアムソン夫人《ふじん》はマーガレットと年《とし》が近《ちか》く、子《こ》どものころから友《とも》だちだった。美《うつく》しく、*気位《きぐらい》の高《たか》い少女《しょうじょ》だったマーガレットは、高校《こうこう》を出《で》るとリンゼイをはなれ、ラドナーという町《まち》の小学校《しょうがっこう》の先生《せんせい》になった。そこでマーガレットは、ロナルドという男性《だんせい》と出会《であ》った。ロナルドは遠《とお》い町《まち》からラドナーにやって来《き》ていて、何年《なんねん》か前《まえ》に妻《つま》を病気《びょうき》で亡《な》くしたという話《はなし》だった。

ロナルドは美《うつく》しいマーガレットにひと目《め》で恋《こい》に落《お》ち、マーガレットもロナルドに夢中《むちゅう》になった。二人《ふたり》は結婚《けっこん》し、ラドナーで幸《しあわ》せに暮《く》らしていた。

そこに、亡《な》くなったはずのロナルドの妻《つま》がやって来《き》た。その人《ひと》はロナルドとの結《けっ》婚生活《こんせいかつ》がうまくいかず故郷《こきょう》に帰《かえ》ってしまい、そのまま病気《びょうき》になって、亡《な》くなったと聞《き》いていた。

ところが、亡《な》くなったのは同《おな》じ名前《なまえ》の別《べつ》の女性《じょせい》だった。その人《ひと》は、ロナルドが自《じ》分《ぶん》と離婚《りこん》しないまま別《べつ》の女性《じょせい》と結婚《けっこん》したと聞《き》いて、訪《たず》ねてきたのだった。

*気位《きぐらい》……自分《じぶん》の品位《ひんい》をほこりに思《おも》うこと。

しかしマーガレットはロナルドの話《はなし》を信《しん》じなかった。ロナルドは、はじめから自《じ》分《ぶん》をだましていたと思《おも》い込《こ》み、彼《かれ》と別《わか》れてリンゼイのゴードン家《け》にもどってきた。それ以来《いらい》、マーガレットは家《いえ》から一歩《いっぽ》も出《で》なくなった。町《まち》の人々《ひとびと》から同情《どうじょう》されるのがいやだったのだろう。仲《なか》がよかったウィリアムソン夫人《ふじん》とさえ会《あ》おうとせず、家《いえ》にこもっているうちに、おなかに子《こ》どもがいることがわかった。

春《はる》のある日《ひ》、マーガレットは女《おんな》の子《こ》を産《う》んだ。それがキルメニイだった。マーガレットはキルメニイを家《いえ》のなかに閉《と》じ込《こ》めた。学校《がっこう》へも行《い》かせず、耳《みみ》は聞《き》こえているのに言葉《ことば》が話《はな》せないとわかっても、医者《いしゃ》にもみせなかった。

三年前《さんねんまえ》にマーガレットが病気《びょうき》で亡《な》くなってからも、おじのトマスとおばのジャネットがキルメニイを家《いえ》から出《だ》さなかった。町《まち》の人々《ひとびと》がキルメニイのことをたずねても、トマスもジャネットもネイルも、何《なに》も答《こた》えないという。

エリックはウィリアムソン夫人《ふじん》の話《はなし》を聞《き》き終《お》えて自分《じぶん》の部屋《へや》にもどった。頭《あたま》のなかは、ますますキルメニイのことでいっぱいになっていた。

待《ま》ちのぞんだ日《ひ》

翌日《よくじつ》の夕方《ゆうがた》、エリックはまた果樹園《かじゅえん》に向《む》かった。えぞ松《まつ》の林《はやし》をぬけると、エリックははっとして足《あし》をとめた。果樹園《かじゅえん》の奥《おく》で、キルメニイが花《はな》をつんでいたのだ。遠《とお》くに見《み》えるその美《うつく》しい横顔《よこがお》を見《み》ているだけで、エリックは胸《むね》が高鳴《たかな》り、ほおが熱《あつ》くなるのを感《かん》じた。

しばらくするとキルメニイはエリックに気づいたが、今日《きょう》はにげずに、真《ま》っすぐにこちらを見《み》つめてきた。エリックは、静《しず》かな声《こえ》で話《はな》しかけた。

「どうかこわがらないで。ぼくは、あなたを困《こま》らせるようなことはしません。」

キルメニイは少《すこ》しとまどっているようだったが、いつも持《も》ち歩《ある》いているらしい石《せき》板《ばん》に文章《ぶんしょう》を書《か》いて見《み》せてきた。

『わたしは、もうあなたをこわがりません。この間《あいだ》はにげ出《だ》してごめんなさい。』

それでもまだ少《すこ》し不安《ふあん》そうなキルメニイの目《め》を見《み》て、エリックは話《はなし》を続《つづ》けた。

「ぼくはエリック・マーシャルといって、リンゼイ中学《ちゅうがく》で教師《きょうし》をしています。あなたはキルメニイ・ゴードンさんでしょう？　この前《まえ》の演奏《えんそう》がすばらしかったので、もう一度《いちど》聞《き》かせてもらいたくてきました。」

するとキルメニイはうれしそうにほほえみ、石板《せきばん》に文字《もじ》をつづった。

『ごめんなさい。今日《きょう》はバイオリンを持《も》ってこなかったんです。でも、明日《あした》の夕方《ゆうがた》持《も》ってきますね。あなたに、ぜひ聞《き》いてもらいたいです。』

「どうもありがとう。では、今日《きょう》はバイオリンを聞《き》かせてもらうかわりに、花《はな》をつんでもらえませんか。」

キルメニイは笑顔《えがお》でうなずくと、白《しろ》いユリの花《はな》をつんだ。エリックはあまいかおりの花束《はなたば》を受《う》け取《と》ると、ライラックの木《き》の下《した》のベンチにキルメニイをさそった。

二人《ふたり》の約束《やくそく》

並《なら》んでベンチに座《すわ》ると、キルメニイは石板《せきばん》にこう書《か》いた。

『あなたに初《はじ》めて会《あ》った日《ひ》の次《つぎ》の朝《あさ》、ネイルに弓《ゆみ》をとってきてもらいました。わたしは、あれがなくてはだめなんです。言葉《ことば》が話《はな》せないので。』

「でも、あなたは音楽《おんがく》で話《はなし》をすることができるじゃありませんか。」

エリックの言葉《ことば》に、キルメニイの顔《かお》がぱっと明《あか》るくなった。

『そのとおりです！　わたしは話《はな》したり歌《うた》ったりはできませんが、かわりに自分《じぶん》の気持《きも》ちをバイオリンに話《はな》してもらうんです。』

　キルメニイは子《こ》どものころにネイルからバイオリンを教《おそ》わったという。ここで弾《ひ》いていたバイオリンも、ネイルのものだったのをもらったということだった。

「この間《あいだ》弾《ひ》いていた曲《きょく》も、ネイルに教《おそ》わったんですか？」

『いいえ。あれは、あのときわたしが感《かん》じていたことをそのまま音楽《おんがく》にしただけです。いつもそうなんです。』

　あんなに美《うつく》しいメロディーが自然《しぜん》にうかんでくるのだと知《し》って、エリックはおどろいた。石板《せきばん》を使《つか》って話《はな》している間《あいだ》、キルメニイの表情《ひょうじょう》はくるくると変《か》わった。自然《しぜん》

と気持《きも》ちが伝《つた》わってくるので、エリックは彼女《かのじょ》が言葉《ことば》を話《はな》せないことも忘《わす》れて会話《かいわ》を楽《たの》しんでいた。

キルメニイは母《はは》のマーガレットから読《よ》み書《か》きを教《おそ》わっていた。読書《どくしょ》が好《す》きで、詩《し》や歴史《れきし》の本《ほん》をたくさん読《よ》んでいるが、小説《しょうせつ》は読《よ》んだことがなかった。

「よかったら、今度《こんど》小説《しょうせつ》を持《も》ってきましょう。」

『ありがとうございます。家《いえ》にある本《ほん》はどれも何度《なんど》も読《よ》んだので、ほとんど覚《おぼ》えてしまったぐらいなんです。』

キルメニイは毎日《まいにち》おばのジャネットを手伝《てつだ》って料理《りょうり》や裁縫《さいほう》をし、それ以外《いがい》の時間《じかん》はバイオリンを弾《ひ》いたり本《ほん》を読《よ》んだりしているのだという。

『わたしは、遠《とお》くはなれた世界《せかい》のことを読《よ》んだり聞《き》いたりするのが好《す》きです。』

「だったら遠《とお》くに行《い》って、自分《じぶん》の目《め》で見《み》たり、人《ひと》に会《あ》ったりしたくなりませんか。」

すると急《きゅう》におびえた顔《かお》になり、勢《いきお》いよく石板《せきばん》に文字《もじ》を書《か》き始《はじ》めた。

『いやです、いやです！』

その姿《すがた》は、声《こえ》を出《だ》してさけんでいるようだった。

『わたしは知《し》らない人《ひと》を見《み》たくないし、その人《ひと》たちに見《み》られるのもいやです。』

ずっと家《いえ》にこもっていたのだから無理《むり》もないと、エリックは思《おも》った。

気《き》がつくと、二人《ふたり》の影《かげ》が足元《あしもと》に長《なが》くのびていた。もっと話《はな》していたいけれど、そろそろ帰《かえ》らなくてはいけない。

「明日《あした》は必《かなら》ずバイオリンを聞《き》かせてくださいね。」

笑顔《えがお》にもどったキルメニイがうなずくのを見《み》て、エリックは立《た》ちあがった。

笑《わら》い声《ごえ》

次《つぎ》の日《ひ》の夕方《ゆうがた》、エリックが果樹園《かじゅえん》に行《い》くと、キルメニイはライラックの木《き》の下《した》のベンチで、バイオリンをひざに乗《の》せて座《すわ》っていた。そしてエリックを見《み》つけると、すぐにバイオリンを弾《ひ》き始《はじ》めた。陽気《ようき》な曲《きょく》、静《しず》かな曲《きょく》、あまく優《やさ》しい曲《きょく》……。キルメニイの心《こころ》のなかを表《あらわ》すメロディーに、エリックは聞《き》きいった。

『さあ、今度《こんど》はあなたの番《ばん》ですよ。約束《やくそく》を覚《おぼ》えていますか。』

石板《せきばん》の文字《もじ》を見《み》て、エリックは持《も》ってきた二冊《にさつ》の本《ほん》をキルメニイにわたした。一冊《いっさつ》は詩集《ししゅう》で、もう一冊《いっさつ》は小説《しょうせつ》だった。

エリックは詩《し》をいくつか読《よ》んで聞《き》かせた。その合間《あいま》にじょうだんを言《い》うと、キルメニイは手《て》をたたいて笑《わら》い声《こえ》を上《あ》げた。すんだ声《こえ》にエリックはおどろき、不思議《ふしぎ》に思《おも》った。こんなに自然《しぜん》に声《こえ》が出《だ》せるのに、どうして話《はな》すことができないのだろう？

「キルメニイ、あなたはどうして自分《じぶん》が言葉《ことば》を話《はな》せないのか知《し》っていますか。」

『いいえ。でも一度《いちど》お母《かあ》さまにたずねたら、〝自分《じぶん》が罪《つみ》を犯《おか》したせいだ〟と言《い》われました。それからはこわくなって、だれにも聞《き》いたことがありません。』

「お医者《いしゃ》さんにみてもらったことは？」

『小《ちい》さいころ、トマスおじさまがわたしを病院《びょういん》に連《つ》れていきたいと言《い》ったことがありました。でも、お母《かあ》さまがむだだと言《い》って許《ゆる》してくれなかったんです。』

「でも、あなたは声《こえ》を出《だ》して笑《わら》えるじゃありませんか。」

『はい、うれしいときやこわいときに声《こえ》が出《で》ることもあります。でも、それはいつも声《こえ》を出《だ》そうとはしていないときなんです。言葉《ことば》を話《はな》そうとすると、だめなんです。』

不思議《ふしぎ》に思《おも》って考《かんが》え込《こ》むエリックに、キルメニイは笑顔《えがお》を見《み》せた。

『そんな悲《かな》しい顔《かお》をしないでください。話《はな》せなくてもわたしは幸《しあわ》せです。』

そしてまたバイオリンをとって、楽《たの》しげな曲《きょく》を弾《ひ》き始《はじ》めた。

その日《ひ》の帰《かえ》り道《みち》、エリックはいつか親《しん》せきのデビッド・ベーカーにキルメニイをみてもらおうと心《こころ》に決《き》めた。デビッドは、のどと声《こえ》が専門《せんもん》の優秀《ゆうしゅう》な医者《いしゃ》なのだ。

愛《あい》とはどんなもの？

それから三週間《さんしゅうかん》、エリックは毎日果樹園《まいにちかじゅえん》を訪《おとず》れ、キルメニイと楽《たの》しいときを過《す》ごした。おたがいの生活《せいかつ》について話《はなし》をし、キルメニイがバイオリンを弾《ひ》いて、エリックが本《ほん》を読《よ》み聞《き》かせる。そうしていると、またたく間《ま》に時間《じかん》が過《す》ぎた。

ある日《ひ》エリックは、キルメニイに古《ふる》い恋愛小説《れんあいしょうせつ》を読《よ》んで聞《き》かせた。

「気《き》に入《い》りましたか。」

『よくわかりません。お母《かあ》さまは、愛《あい》はおそろしいものだと言《い》っていました。なのに、その本《ほん》のなかでは愛《あい》はすばらしいと言《い》っています。どちらが本当《ほんとう》なのですか。』

「愛《あい》は、決《けっ》しておそろしいものなどではありませんよ。おそろしいのは、にせものの愛《あい》です。あなたのお母《かあ》さんはそのことを言《い》いたかったのでしょう。」

キルメニイの母《はは》は愛《あい》する人《ひと》に裏切《うらぎ》られたと思《おも》い、深《ふか》く傷《きず》ついていた。それで娘《むすめ》に

そんなことを言《い》ったのだろうとエリックは思《おも》った。

「この本《ほん》は、ぼくの母親《ははおや》のものだったんです。さあ、ここにあなたの名前《なまえ》を書《か》きま

しょう。〝果樹園《かじゅえん》のキルメニイ〟とね。どうぞ受《う》け取《と》ってください。」

ところがキルメニイは首《くび》をふった。

『ごめんなさい。その本《ほん》はいただきたくありません。わたしは愛《あい》について知《し》っても

むだなのです。わたしのようなみにくい者《もの》をだれも愛《あい》してくれませんから。』

「あなたがみにくい!? まさか!」

『いいえ、お母《かあ》さまがそう教《おし》えてくれました。』

「そんな……。だったらキルメニイ、鏡《かがみ》で自分《じぶん》を見《み》てみにくいと思《おも》いますか。」

『わたしは鏡《かがみ》を見《み》たことがありません。家《いえ》に鏡《かがみ》がないんです。わたしが赤《あか》んぼうの

ころにお母《かあ》さまが全部《ぜんぶ》こわしてしまったと、おばさまが言《い》っていました。』

そんなことが本当《ほんとう》にあるのかと、エリックはおどろき、だまりこんでしまった。

『エリック、そろそろ帰《かえ》ったほうがいいですよ。お別《わか》れの曲《きょく》を弾《ひ》きましょうね。』

キルメニイの奏《かな》でる音色《ねいろ》を聞《き》きながら、エリックは果樹園《かじゅえん》をあとにした。あれほど美《うつく》しいキルメニイに、母親《ははおや》がなぜ「みにくい」とうそをついたのか、エリックには不思議《ふしぎ》でたまらなかった。

エリックの決意《けつい》

六月《ろくがつ》の終《お》わりのある夕方《ゆうがた》、今日《きょう》もキルメニイに会《あ》いにいこうとしていたエリックは、ウィリアムソン夫人《ふじん》に呼《よ》びとめられた。

「先生《せんせい》、お聞《き》きしたいことがあります。」

いつもほがらかなウィリアムソン夫人《ふじん》が、深刻《しんこく》な顔《かお》をしていた。

「またキルメニイに会《あ》いにいかれるんですか。」

「はい、そうですが。」

「あなたたちのことをトマスとジャネットは知《し》っているんですかね。」

「それは……どうでしょう。わかりませんが。」

「もう果樹園《かじゅえん》に行《い》ってはいけません。あなたのご家族《かぞく》は、口《くち》がきけない子《こ》との結婚《けっこん》は許《ゆる》さないでしょう。そうなれば、あの子《こ》をひどく傷《きず》つけることになるんですよ。」

突然《とつぜん》そんなことを言《い》われたエリックは腹《はら》を立《た》て、返事《へんじ》もせずに二階《にかい》の自分《じぶん》の部屋《へや》にもどっていった。

一晩中《ひとばんじゅう》考《かんが》え続《つづ》け、エリックははっきりとわかった。初《はじ》めて会《あ》ったときから、自分《じぶん》はキルメニイを愛《あい》している。彼女《かのじょ》も自分《じぶん》を愛《あい》してくれているなら、結婚《けっこん》したい。

翌日《よくじつ》、エリックはウィリアムソン夫人《ふじん》に自分《じぶん》の決意《けつい》を伝《つた》えた。

「ぼくはキルメニイに結婚《けっこん》を申《もう》し込《こ》みます。父《ちち》も、キルメニイに会《あ》えばわかってく

れるはずです。彼女《かのじょ》はぼくの宝物《たからもの》なんですよ。」

「そこまでおっしゃるなら、わたしはこれ以上《いじょう》何《なに》も言《い》いません。ただね、先生《せんせい》。このことはすぐにトマスとジャネットに伝《つた》えなくてはなりませんよ。」

「はい。もっと前《まえ》にあいさつに行《い》くべきでした。考《かんが》えが足《た》りませんでした。」

「それとね、ネイルに気《き》をつけてください。人《ひと》の話《はなし》じゃ、ネイルはキルメニイに気《き》があるそうだから、あなたを逆《さか》うらみして何《なに》かしでかすかもしれません。」

「ネイルなんかこわくありませんよ。行《い》ってきます。」

明《あか》るく言《い》って出《で》かけていくエリックを、ウィリアムソン夫人《ふじん》は心配《しんぱい》そうに見送《みおく》った。

第《だい》3章《しょう》

愛《あい》と悲《かな》しみと

恋人《こいびと》たち

エリックが果樹園《かじゅえん》に着《つ》くと、キルメニイがかけよってきた。白《しろ》バラのつぼみでつくった花《はな》かんむりが、黒髪《くろかみ》によく映《は》えている。

『あなたがもう来《こ》ないんじゃないかと心配《しんぱい》していたんです。昨日《きのう》、いらっしゃらなかったから。』

キルメニイのほおは赤《あか》く染《そ》まっていた。

「夕《ゆう》べは来《こ》られなくてすみませんでした。そのわけは、いつか話《はな》しましょう。とにかく、また会《あ》えてうれしい。」

いつものようにライラックの下《した》のベンチに並《なら》んで座《すわ》ると、エリックは真面目《まじめ》な顔《かお》

で言《い》った。

「キルメニイ、お願《ねが》いがあります。ぼくをあなたのおじさんとおばさんに紹介《しょうかい》してもらえませんか。」

するとキルメニイは激《はげ》しく首《くび》をふり、石板《せきばん》に乱《みだ》れた文字《もじ》を書《か》いた。

『そんなことはできません。おじさまもおばさまも、きっとひどくおこるでしょう。あなたはすぐに追《お》い帰《かえ》されて、わたしは、もうここへ来《こ》られなくなります。』

エリックはキルメニイを安心《あんしん》させようと、手《て》をにぎってもう一度《いちど》たのんだ。

「このまま、お二人《ふたり》の許《ゆる》しをもらわずに会《あ》っているのはよくありません。ぼくがきちんとお願《ねが》いすれば、ちゃんと認《みと》めてもらえますよ。」

だがキルメニイは余計《よけい》に悲《かな》しそうな顔《かお》をした。

『今夜《こんや》は二人《ふたり》とも出《で》かけています。どうしてもと言《い》うのなら、明日《あした》の夜《よる》、来《き》てください。そのあとは、二度《にど》とあなたに会《あ》えなくなるのです。』

書《か》き終《お》えると、青《あお》いひとみから大粒《おおつぶ》の涙《なみだ》が石板《せきばん》の上《うえ》に落《お》ちた。エリックは思《おも》わずキルメニイをだきよせた。

「大丈夫《だいじょうぶ》ですよ。おじさんもおばさんも、きっと許《ゆる》してくれます。」

キルメニイは顔《かお》をあげ、涙《なみだ》をぬぐって書《か》いた。

『あなたは、おじさまとおばさまがどんな人《ひと》なのか知《し》らないのです。わたしはきっと、自分《じぶん》の部屋《へや》に閉《と》じ込《こ》められます。』

「もしそうなったら、ぼくが何《なん》とか出《だ》してあげますよ。」

それからエリックはいつものように明《あか》るく話《はな》したが、キルメニイはほとんど耳《みみ》に入《はい》っていないようすだった。

「バイオリンを弾《ひ》いてくれますか。」

エリックがたのむと、キルメニイは力《ちから》なく首《くび》をふった。

『今夜《こんや》は曲《きょく》がうかびません。もう家《いえ》に帰《かえ》らなくては。頭《あたま》がぼうっとしてしまって。』

「わかりました。さあ、もう心配《しんぱい》しないで。何《なに》もかもうまくいきますから。」

キルメニイは立《た》ちあがり、うなだれたまま歩《ある》き出《だ》した。だが、すぐに足《あし》をとめてふりかえり、涙《なみだ》のあふれたひとみでエリックを見《み》つめた。

エリックは愛《いと》おしさが込《こ》みあげ、かけよってだきしめると、キルメニイのふるえるくちびるにキスをした。キルメニイはおどろき、小《ちい》さな声《こえ》をあげてエリックからはなれ、走《はし》り去《さ》った。

夢見《ゆめみ》るような気分《きぶん》で愛《あい》する人《ひと》を見送《みおく》るエリックは、自分《じぶん》たちにいかりの視線《しせん》が向《む》けられていることにまったく気《き》づいていなかった。

古《ふる》いさくの向《む》こうにネイル・ゴードンがうずくまり、こぶしをにぎりしめてエリックをにらんでいた。

かけがえのない人《ひと》

翌日《よくじつ》、果樹園《かじゅえん》に行《い》くと、ネイルがエリックの前《まえ》に立《た》ちはだかった。

「あの子《こ》はここには来《こ》ない。お前《まえ》は二度《にど》とあの子《こ》に会《あ》えないんだ！」

さけぶネイルを見《み》て、エリックは何《なに》が起《お》きたか理解《りかい》した。ネイルは、昨日《きのう》のエリックとキルメニイのようすをのぞき見《み》て、二人《ふたり》のことをトマスとジャネットに知《し》らせたのだ。わざとエリックが悪《わる》く思《おも》われるような伝《つた》え方《かた》をしているにちがいない。それでもエリックはひるまず、ネイルをにらみ返《かえ》した。

「君《きみ》は、ぼくの手間《てま》をはぶいただけだ。ぼくは今日《きょう》、自分《じぶん》でゴードンさんたちにキルメニイとのことを話《はな》しにいくと決《き》めてきたんだから。」

エリックがゴードン家《け》に向《む》かおうとすると、ネイルはエリックをおどし始《はじ》めた。

「あの子《こ》をうばう気《き》なら、お前《まえ》を殺《ころ》してやる！　あの子《こ》はすっかり変《か》わっちまった。

今《いま》じゃ、おれの話《はなし》をろくに聞《き》きもしない！　お前《まえ》のせいだ！」

「ネイル、ぼくらのじゃまをしてキルメニイを苦《くる》しめるなら、ぼくにも考《かんが》えがある。」

冷静《れいせい》なエリックの言葉《ことば》には迫力《はくりょく》があった。ネイルはくやしそうににげていった。

エリックはキルメニイが心配《しんぱい》になり、急《いそ》いでゴードン家《け》に向《む》かった。ドアをノックすると、険《けわ》しい顔《かお》の女性《じょせい》が現《あらわ》れ、灰色《はいいろ》の目《め》でエリックを見《み》すえた。

「はじめまして。エリック・マーシャルと申《もう》します。ジャネット・ゴードンさんでいらっしゃいますか？」

「ええ、そうですが。」

「突然《とつぜん》おじゃまして申《もう》し訳《わけ》ありません。めいごさんのことでうかがいました。」

「なかでお待《ま》ちください。兄《あに》を呼《よ》んできますから。」

客間《きゃくま》で待《ま》っていると、ジャネットがトマスを連《つ》れてもどってきた。二人《ふたり》はだまってエリックの前《まえ》に座《すわ》った。

「ぼくとキルメニイのことをネイルさんからお聞《き》きになっていると思《おも》います。」

トマスは、だまったままうなずいた。

「ぼくは決《けっ》して彼女《かのじょ》を傷《きず》つけるようなことはしません。お願《ねが》いです。これからは、ここへめいごさんに会《あ》いにくることを認《みと》めていただけないでしょうか。」

するとトマスが口《くち》を開《ひら》いた。

「あなたが立派《りっぱ》な先生《せんせい》だという話《はなし》は聞《き》いています。ですが、あの子《こ》はもう、あなたに会《あ》わないほうがいいんです。」

「なぜですか。」

「会《あ》い続《つづ》けていれば、あの子《こ》はあなたを思《おも》いすぎてしまう。そして、あなたがこの町《まち》からいなくなれば深《ふか》く悲《かな》しむことになる……。あの子《こ》の育《そだ》て方《かた》のことで、わしらがこの町《まち》で悪《わる》く言《い》われていることは知《し》っています。ですが、わしらはあの子《こ》がだれからも傷《きず》つけられることがないよう、一番《いちばん》いいと思《おも》う方法《ほうほう》を選《えら》んできたんです。」

「ぼくは、キルメニイと結婚《けっこん》したいと思《おも》っています。」

きっぱりとエリックが言《い》うと、トマスもジャネットも目《め》を丸《まる》くした。

「結婚《けっこん》するだって？　あの子《こ》は口《くち》がきけないんですよ？」

「そんなことでぼくの愛《あい》は変《か》わりません！　彼女《かのじょ》はかけがえのない人《ひと》です。」

エリックが真剣《しんけん》だとわかると、トマスはため息《いき》をつき、ジャネットにたずねた。

「わしらは、なんと返事《へんじ》をしたらいいもんだろう？」

ずっとだまっていたジャネットは、エリックのほうに身《み》を乗《の》りだして言《い》った。

「キルメニイの出生《しゅっせい》に、傷《きず》があることはご存知《ぞんじ》ですか。」

「お母《かあ》さまの身《み》に悲《かな》しいことが起《お》きたのは知《し》っています。ですが、キルメニイには何《なん》の責任《せきにん》もありません。ぼくにとっては、傷《きず》でもなんでもありません。」

それを聞《き》いて、ジャネットの表情《ひょうじょう》が変《か》わった。固《かた》く結《むす》ばれていた口元《くちもと》がゆるみ、優《やさ》しいまなざしがエリックに向《む》けられた。

「……トマス、この方《かた》の望《のぞ》むようにしてあげましょうよ。」

すると、トマスもほっとした顔《かお》になった。

「お前《まえ》がそれでいいならそうしよう。では先生《せんせい》、わしは失礼《しつれい》しますよ、もう仕事《しごと》にもどらなくてはなりません。これからは好《す》きなようにうちに出入《でい》りしてください。」

「わたしは、二階《にかい》に行《い》ってキルメニイを呼《よ》んできます。」

トマスとジャネットが去《さ》り、しばらくするとキルメニイが階段《かいだん》を下《お》りてきた。エリックは立《た》ちあがり、笑顔《えがお》で言《い》った。

「ぼくの言《い》うとおりだったでしょう?」

キルメニイは、はしゃいでかけよってくるようなことはせず、静《しず》かにほほえんで

エリックのそばに来《き》た。そして、石板《せきばん》にこう書《か》きつづった。

『おじさまたちが許《ゆる》してくれて本当《ほんとう》にうれしいわ。』

果樹園《かじゅえん》で交《か》わしたキスや、前《まえ》の晩《ばん》、二度《にど》とエリックに会《あ》えないと思《おも》ってねむれない夜《よる》を過《す》ごしたことが、キルメニイを大人《おとな》の女性《じょせい》へと生《う》まれ変《か》わらせていた。

秘密《ひみつ》のおくりもの

エリックは毎日《まいにち》のようにゴードン家《け》を訪《おとず》れるようになり、すぐにトマスとジャネットとも打《う》ち解《と》けた。

エリックは中学校《ちゅうがっこう》での仕事《しごと》を一年延長《いちねんえんちょう》することに決《き》めた。父《ちち》とデビッドに手紙《てがみ》で知《し》らせると、二人《ふたり》ともエリックをとがめる返事《へんじ》をよこしたが、気《き》にも留《と》めなかった。

ある日《ひ》、エリックはキルメニイにおくりものをしようと決《き》めた。まだ自分《じぶん》の姿《すがた》を見《み》たことのないキルメニイに鏡《かがみ》をプレゼントしよう。そう思《おも》ったエリックは大《おお》きな鏡《かがみ》を買《か》ってゴードン家《け》に持《も》ち込《こ》んだ。

ジャネットにたのんでキルメニイを果樹園《かじゅえん》へ行《い》かせ、その間《あいだ》に鏡《かがみ》を客間《きゃくま》のかべにかけた。それからエリックはキルメニイをむかえにいった。

「家《いえ》にもどりましょう。見《み》せたいものがあるんですよ。」

家《いえ》に入《はい》ると、エリックは果樹園《かじゅえん》でつんだユリの花束《はなたば》をキルメニイに持《も》たせた。

「さあ、ぼくに手《て》を貸《か》して目《め》を閉《と》じて。いいと言《い》うまで開《あ》けてはいけませんよ。」

そしてエリックは、キルメニイを客間《きゃくま》の鏡《かがみ》の前《まえ》に連《つ》れていった。

「目《め》を開《あ》けてごらん。」

目《め》を開《ひら》くと、黄金《おうごん》の額《がく》にはまった美《うつく》しい絵《え》のような少女《しょうじょ》の姿《すがた》があった。目《め》の前《まえ》に見《み》えるのが自分《じぶん》だとわかると、小《ちい》さなさけび声《ごえ》をあげてユリの花《はな》を落《お》とし、両手《りょうて》で

顔《かお》をおおった。エリックはその手《て》をどけてたずねた。

「キルメニイ、これでもあなたは自分《じぶん》をみにくいと思《おも》いますか。」

キルメニイは、はずかしそうに鏡《かがみ》を見《み》た。そして、笑《え》みをうかべて石板《せきばん》をとった。

『想像《そうぞう》していた姿《すがた》と全然《ぜんぜん》ちがいます。言葉《ことば》にできないぐらいうれしいです。お母《かあ》さまは、どうしてわたしがみにくいなんて言《い》ったのでしょうか?』

「美《うつく》しいことが必《かなら》ずしも幸《しあわ》せにつながらないと知《し》っていたからだと思《おも》いますよ。だから、あなたに、あなたの美《うつく》しさを教《おし》えないほうがいいと思《おも》ったんでしょう。」

それからエリックは、幸《しあわ》せそうなキルメニイを連《つ》れて果樹園《かじゅえん》へ出《で》かけた。外《そと》に出《で》ると二人《ふたり》はネイルとすれちがった。ネイルは顔《かお》をそむけて去《さ》っていった。

『最近《さいきん》ネイルは、おじさまとおばさまにも失礼《しつれい》な態度《たいど》をとってばかりなんです。』

不安《ふあん》そうなキルメニイに、エリックは「気《き》にすることはありませんよ。」と言《い》った。

その晩《ばん》、キルメニイは寝《ね》る前《まえ》にもう一度自分《いちどじぶん》の姿《すがた》を見《み》ようと鏡《かがみ》の前《まえ》に立《た》った。すると、ジャネットが現《あらわ》れて、厳《きび》しい顔《かお》で言《い》った。

「見《み》た目《め》よりも心《こころ》が大切《たいせつ》だということを忘《わす》れてはいけないよ。」

『はい、おばさま。でもわたし、鏡《かがみ》が見《み》られてうれしいわ。』

「そうだろうね。先生《せんせい》も、お前《まえ》を美《うつく》しいと思《おも》ってらっしゃるよ。」

言《い》われたとたんにキルメニイは赤《あか》くなり、階段《かいだん》をかけあがった。そして自分《じぶん》の部屋《へや》のベッドにたおれこみ、熱《あつ》くなったほおをまくらにうずめた。

——わたしは、エリックを愛《あい》している。

キルメニイは、はっきりとそう思《おも》った。

――でも、わたしは、口《くち》がきけない。

そのことが、突然《とつぜん》キルメニイの心《こころ》に重《おも》くのしかかってきた。

――こんなわたしが、あの人《ひと》にふさわしいと言《い》えるの？

そのことが頭《あたま》をはなれず、キルメニイはその晩《ばん》、一睡《いっすい》もできなかった。

プロポーズ

次《つぎ》に会《あ》ったとき、エリックはキルメニイの変化《へんか》にすぐに気《き》がついた。彼女《かのじょ》は急《きゅう》によそよそしくなり、エリックが話《はな》しかけてもぼんやりとして、不安《ふあん》そうだった。

そんな状態《じょうたい》のまま一週間《いっしゅうかん》が過《す》ぎ、たえきれなくなったエリックは、はっきりと決《けっ》着《ちゃく》をつけようと思《おも》った。

八月《はちがつ》の夕暮《ゆうぐ》れの果樹園《かじゅえん》で、エリックはキルメニイに思《おも》いを伝《つた》えた。

「ぼくの妻《つま》になってくれますか。」

真剣《しんけん》な声《こえ》で告《つ》げて、エリックはキルメニイの手《て》をとった。だが、キルメニイは青《あお》ざめた顔《かお》で手《て》を引《ひ》っ込《こ》めると、顔《かお》をおおって泣《な》きだしてしまった。

「どうしたんです、キルメニイ。ぼくがあなたを愛《あい》しているのは前《まえ》から知《し》っていたはずです。あなたはぼくを好《す》きじゃないんですか。」

だきよせようとするエリックの手《て》をこばみ、キルメニイは石板《せきばん》に書《か》いた。

『あなたを愛《あい》しています。けれど結婚《けっこん》できません。わたしは、言葉《ことば》が話《はな》せないから。』

「そんなことは問題《もんだい》じゃない。ぼくは、あなたが愛《あい》してさえくれればそれでいい。」

『いいえ。言葉《ことば》が話《はな》せないわたしと結婚《けっこん》すれば、きっとあなたは、大変《たいへん》な苦労《くろう》をします。あなたの周《まわ》りの人《ひと》はみんな、あなたがばかなことをしたと笑《わら》うでしょう。』

エリックが毎日《まいにち》のようにキルメニイに会《あ》いにいっていることはリンゼイの町《まち》でうわさになっていた。そして、人々《ひとびと》がそんなエリックにとてもおどろいていると、キルメニイはジャネットから聞《き》いたことがあった。

「あなたが妻《つま》になってくれなければ、ぼくは一生不幸《いっしょうふこう》になる。」

『今《いま》はそう思《おも》っていても、この町《まち》からいなくなれば、すぐに忘《わす》れるでしょう。わたしも苦《くる》しいけれど、あなたを不幸《ふしあわ》せにするよりもずっとましです。お願《ねが》いだから、これ以上何《いじょうなに》も言《い》わないでください。わたしの気持《きも》ちは変《か》わりませんから。』

エリックは優《やさ》しく、小《ちい》さな子《こ》に言《い》い聞《き》かせるようにキルメニイを説得《せっとく》し続《つづ》けた。だが、キルメニイは聞《き》きいれなかった。なぜわかってくれないのかとエリックが大声《おおごえ》をあげても、キルメニイは静《しず》かに首《くび》をふるばかりだった。

第《だい》4章《しょう》 未来《みらい》へ

遠《とお》い日《ひ》の苦《くる》しい思《おも》い出《で》

次《つぎ》の日《ひ》もエリックはゴードン家《け》を訪《たず》ねてキルメニイを説得《せっとく》したが、彼女《かのじょ》の気持《きも》ちは変《か》わらなかった。困《こま》ったエリックは、ジャネットに相談《そうだん》をした。

「キルメニイはぼくを愛《あい》してくれているんです。ですから、おじさんとおばさんが話《はな》してくだされば、きっと心《こころ》を動《うご》かして――」

だが、ジャネットはエリックの言葉《ことば》をさえぎった。

「そんなことをしてもむだです、先生《せんせい》。ふだんあの子《こ》はわたしたちの言《い》いつけによ

く従《したが》いますが、一度《いちど》決《き》めたことは決《けっ》して曲《ま》げようとしないんですよ……。あの子《こ》は、あなたが自分《じぶん》と結婚《けっこん》したら後悔《こうかい》するんじゃないかとこわがっているんです。その考《かんが》えは、正《ただ》しいのかもしれません。」

それでもエリックは、一歩《いっぽ》もゆずらなかった。

「キルメニイはこの先《さき》、話《はな》せるようになるかもしれない。今《いま》まで医者《いしゃ》にみせたこともないんでしょう?」

「母親《ははおや》がどうしても聞《き》きいれなかったもので。それに、わたしたちも治《なお》してやることはできないと思《おも》っていたんですよ。ああなったのは、マーガレットの罪《つみ》のせいですからね。」

「でも妹《いもうと》さんは、ロナルドに妻《つま》がいることを知《し》らなかったんでしょう?」

「わたしが言《い》っているのはそのことじゃないんです。今《いま》からお話《はな》しすることは、わたしとトマスしか知《し》りません。どうか、キルメニイにも決《けっ》して話《はな》さないと約束《やくそく》してください。」

「約束《やくそく》します。さあ、教《おし》えていただけますか。」

ジャネットはひざの上《うえ》で手《て》を組《く》み、まゆをひそめて話《はな》し出《だ》した。

「わたしたちの父親《ちちおや》は、マーガレットとロナルドの結婚《けっこん》には反対《はんたい》でした。ですから、離婚《りこん》してマーガレットが帰《かえ》ってきた日《ひ》、妹《いもうと》をひどくののしったんです。どんなに冷《つめ》たい言葉《ことば》をぶつけられても、妹《いもうと》は口答《くちごた》えをしませんでした。ただこぶしをにぎりしめて、だまって自分《じぶん》の部屋《へや》へ上《あ》がっていきました。その日《ひ》からキルメニイが生《う》まれるまで、マーガレットはひと言《こと》も口《くち》をききませんでした。ひと言《こと》もですよ！　だまりこくって自分《じぶん》の部屋《へや》で座《すわ》り込《こ》んだまま、かべをにらみつけていました……。そうするうちに父《ちち》は病気《びょうき》になって寝込《ねこ》んでしまったんですが、マーガレットは父《ちち》を見《み》まおうともしませんでした。夜中《よなか》に容体《ようだい》が悪《わる》くなった父《ちち》は、わたしとトマスに言《い》ったんです。『上《うえ》へ行《い》って、あの子《こ》に言《い》っておくれ。わしが死《し》にかけているから、そばにきて声《こえ》をかけてほしい』と。わたしはそのとおりにマーガレットに伝《つた》えましたが、あの子は聞《き》こえないふりをしていました。わたしは泣《な》いてたのんだんですよ、どうかお父《とう》さんのところに来《き》て、と。それでもマーガレットは聞《き》きいれなかったんです。」

思《おも》い出《だ》すだけでも苦《くる》しいらしく、ジャネットは胸《むね》をおさえて続《つづ》けた。

「父《ちち》にそれを伝《つた》えると、『わしがあんまりひどすぎたからだ。あの子《こ》が悪《わる》いんじゃない。下《お》りてこないなら、わしのほうから行《い》かなくてはならない』と言《い》いました。トマスが体《からだ》を支《ささ》えて階段《かいだん》を上《あ》がり、わたしはキャンドルを持《も》っていきました。父《ちち》はふるえながらマーガレットに言《い》いました。『わしを許《ゆる》して、ひと言《こと》口《くち》をきいておくれ』と。なのに先生《せんせい》、マーガレットはだまったきりだったんです！　本当《ほんとう》は話《はな》したくてたまらなかったと、あとになってわたしに打《う》ち明《あ》けてきましたが。でも強情《ごうじょう》なせいで、そうはできなかったんです。それがマーガレットの罪《つみ》なんですよ。父《ちち》は『お前《まえ》は冷《つめ》たい女《おんな》だ』と言《い》っただけでした。それが、父《ちち》の最後《さいご》の言葉《ことば》になってしまいました。トマスとわたしが部屋《へや》に連《つ》れてもどると、父《ちち》はもう息《いき》がたえていました……。

それからひと月《つき》たってキルメニイが生《う》まれたんです。赤《あか》んぼうをだいたとき、マーガレットは元《もと》のあの子《こ》にもどって話《はなし》をするようになりました。でも、あの子《こ》が一番《いちばん》ひどいことをした相手《あいて》はもうこの世《よ》にいなかった。許《ゆる》しの言葉《ことば》をもらうこともできません。キルメニイが口《くち》をきけないのは、あの晩《ばん》、マーガレットが口《くち》をきかなかったせいなんです。」

「……おそろしい話《はなし》ですね。」

聞《き》いているうちにエリックの顔《かお》は青《あお》ざめていた。

「本当《ほんとう》に母親《ははおや》の罪《つみ》のせいならば、ぼくらにはどうすることもできません。でも偶然《ぐうぜん》の一致《いっち》にすぎないかもしれない。ぼくの親《しん》せきに医者《いしゃ》がいます。のどと声《こえ》の専門医《せんもんい》なんです。ここに呼《よ》んで、キルメニイをみてもらいましょう。」

「わかりました。先生《せんせい》の思《おも》うとおりになさってください。」

そう答《こた》えながらもジャネットは、あきらめきった顔《かお》をしていた。

だがキルメニイは、デビッドを呼《よ》ぶと聞《き》くと、希望《きぼう》に顔《かお》をかがやかせた。

『その方《かた》、わたしを治《なお》してくださるでしょうか。』

「そう願《ねが》っていますよ。もしも話《はな》せるようになったら、ぼくと結婚《けっこん》してくれますか。」

『ええ。他《ほか》の人《ひと》のように話《はな》せるようになったら、あなたと結婚《けっこん》します。』

デビッド・ベーカーの意見《いけん》

次《つぎ》の週《しゅう》、エリックからの手紙《てがみ》を受《う》け取《と》ったデビッド・ベーカーがリンゼイへやって来《き》た。エリックは翌朝《よくあさ》、学校《がっこう》へ行《い》く前《まえ》に、デビッドを連《つ》れてゴードン家《け》へ向《む》かった。キルメニイは果樹園《かじゅえん》でバイオリンを弾《ひ》いて二人《ふたり》を出《で》むかえた。そのバイオリンのうでと、キルメニイのあまりの美《うつく》しさにデビッドはおどろいていた。

「キルメニイ、こちらはベーカー医師《いし》です。」

エリックが紹介《しょうかい》すると、キルメニイはほほえんで握手《あくしゅ》を求《もと》めた。いつもは自信《じしん》たっぷりのデビッドが緊張《きんちょう》したようすでその手《て》をとった。

エリックは、トマスとジャネットにもデビッドを紹介《しょうかい》し、キルメニイの診察《しんさつ》をたのむと急《いそ》いで学校《がっこう》へ向《む》かった。その日《ひ》は、一日《いちにち》の仕事《しごと》が果《は》てしなく長《なが》く感《かん》じられた。

夕方下宿先《ゆうがたげしゅくさき》に帰《かえ》ると、デビッドはゴードン家《け》からもどっており、エリックの部屋《へや》から窓《まど》の外《そと》をながめていた。

「デビッド、キルメニイはどこが悪《わる》いんだい？」

「……どこも悪《わる》くはないよ。彼女《かのじょ》の声《こえ》の器官《きかん》はまったく正常《せいじょう》だ。おそらく心《こころ》の問題《もんだい》なんだろう。」

「じゃあ……君《きみ》にはどうすることもできないのか。」

「そういうことだ。他《ほか》の医者《いしゃ》に相談《そうだん》しても、ぼくと同《おな》じことを言《い》うだろう。」

「そんな……。」

絶望《ぜつぼう》しているエリックに向《む》かって、デビッドは言葉《ことば》を続《つづ》けた。

「だが、まったく望《のぞ》みがないわけじゃない。説明《せつめい》が難《むずか》しいんだが……彼女《かのじょ》は本当《ほんとう》に話《はな》したいと願《ねが》うときがくれば、きっと話《はな》せるようになると思《おも》うんだ。」

「なんだって？　キルメニイが今《いま》、それを願《ねが》ってないって言《い》うのか？」

「もっと激《はげ》しく、どうしても話《はな》したいという衝動《しょうどう》が必要《ひつよう》なんだと思《おも》う。彼女《かのじょ》の舌《した》をしばっている目《め》に見《み》えない〝枷《かせ》〟*を引《ひ》きちぎるぐらい強《つよ》い衝動《しょうどう》がね。それにつき動《うご》かされて、はじめのひと言《こと》さえ出《だ》せれば、すべて解決《かいけつ》すると思《おも》う。」

「そんなことを言《い》われても……。」

エリックにはどうすればいいのか見当《けんとう》もつかなかった。

「キルメニイにも、診察《しんさつ》の結果《けっか》は話《はな》したんだね？」

「ぼくにはどうすることもできないと伝《つた》えた。推測《すいそく》については話《はな》していないよ。具《ぐ》体的《たいてき》な方法《ほうほう》があるわけじゃないから、話《はな》したところで役《やく》には立《た》たないしね。」

「それを聞《き》いて、キルメニイはどんなふうだった？」

「とても静《しず》かに受《う》けとめていたよ。でも、彼女《かのじょ》がひどく傷《きず》ついていることはわかった。ぼくに一生懸命《いっしょうけんめい》に笑《わら》ってみせて、二階《にかい》に上《あ》がって、それきり姿《すがた》を見《み》せなかった。」


*枷《かせ》……自由《じゆう》をしばるもの。心《こころ》や行動《こうどう》のさまたげになることをたとえていう。

エリックはすぐにゴードン家《け》に向《む》かった。だが、キルメニイに会《あ》うことはできなかった。ジャネットからキルメニイは部屋《へや》に閉《と》じこもっていると聞《き》かされ、短《みじか》い手《て》紙《がみ》をわたされた。

『もう来《こ》ないでください、エリック。あなたはリンゼイを去《さ》って、わたしのことを忘《わす》れなくてはいけません。いつか、これでよかったと思《おも》う日《ひ》が来《く》るでしょう。

キルメニイより』

書《か》かれた文字《もじ》は、涙《なみだ》でにじんでいた。

「お願《ねが》いです！　キルメニイに会《あ》わせてください！」

エリックがたのむとジャネットは二階《にかい》に上《あ》がっていったが、すぐにもどってきた。

「あの子《こ》は下《お》りてこないと言《い》っています。先生《せんせい》、あの子《こ》の言《い》うとおりだと思《おも》います。結婚《けっこん》できない以上《いじょう》、あの子《こ》はもうあなたに会《あ》わないほうがいいんですよ。」

仕方《しかた》なく家《いえ》に帰《かえ》り、翌日《よくじつ》の土曜日《どようび》、エリックは馬車《ばしゃ》でデビッドを駅《えき》まで送《おく》っていった。別《わか》れ際《ぎわ》、ホームでデビッドが言《い》った。

「エリック、学校《がっこう》をやめて帰《かえ》ってくるんだ。もうリンゼイにいても何《なに》もならない。」

「いや、どうしてももう一度《いちど》キルメニイに会《あ》わなくては。」

デビッドを見送《みおく》ると、エリックはまたゴードン家《け》に出《で》かけた。だが、やはりキルメニイはエリックに会《あ》おうとしなかった。トマスは重々《おもおも》しい口調《くちょう》で言《い》った。

「もうここに来《こ》ないほうがいい。あなたもあの子《こ》も、早《はや》くおたがいを忘《わす》れたほうがいいんだ。なるべく早《はや》く学校《がっこう》をやめて、あなた自身《じしん》の世界《せかい》に帰《かえ》ることですよ。」

ちぎれた〝枷《かせ》〟

エリックは真《ま》っ青《さお》な顔《かお》で家《いえ》へ帰《かえ》った。キルメニイのいない人生《じんせい》など考《かんが》えられない。この先《さき》、どうやって生《い》きていけばいいのかとエリックは途方《とほう》に暮《く》れていた。

翌日《よくじつ》の日曜日《にちようび》をどう過《す》ごして、月曜日《げつようび》にどうやって授業《じゅぎょう》をしていたのか、自分《じぶん》でもよくわからない。ただ、機械《きかい》のように動《うご》いているだけだった。

火曜日《かようび》の午後《ごご》は、町《まち》で葬式《そうしき》があったため、リンゼイの昔《むかし》からの風習《ふうしゅう》に従《したが》って授業《じゅぎょう》がなくなった。

そこでエリックは果樹園《かじゅえん》へ出《で》かけた。といっても、キルメニイに会《あ》えることを期待《きたい》していたわけではない。かたくなにエリックをさけているキルメニイが果樹園《かじゅえん》に来《く》るとは思《おも》えなかった。それでも、自然《しぜん》と足《あし》が果樹園《かじゅえん》へ向《む》かった。二度《にど》と果樹園《かじゅえん》を見《み》たくないという気持《きも》ちと、どうしてもあそこからはなれたくないという思《おも》いとが、エリックのなかでぶつかり合《あ》っていた。

えぞ松《まつ》の林《はやし》の手前《てまえ》にある牧場《ぼくじょう》を横切《よこぎ》っていくと、ネイ

ルがさくをつくっているのに出《で》くわした。ネイルは不機嫌《ふきげん》そうにくいを打《う》ち込《こ》んでいた。

ネイルも自分《じぶん》と同《おな》じ苦《くる》しみを味《あじ》わったのだろうか。エリックは初《はじ》めてそんなことを思《おも》いながら、えぞ松《まつ》の木《こ》かげの、くずれかけたさくにこしかけた。そして、初《はじ》めてキルメニイと会《あ》ったときからこの果樹園《かじゅえん》で起《お》きたすべてのことを思《おも》い返《かえ》した。もの思《おも》いにふけるエリックは、まわりの音《おと》も気配《けはい》も感《かん》じなくなっていた。えぞ松《まつ》の林《はやし》から彼《かれ》の背後《はいご》に忍《しの》びよっている足音《あしおと》も耳《みみ》に入《はい》らず、小道《こみち》を曲《ま》がってゆっくりとやって来《く》るキルメニイの姿《すがた》にさえ気づいていなかった。

キルメニイは胸《むね》の痛《いた》みを少《すこ》しでもいやせないかと果樹園《かじゅえん》に来《き》ていた。エリックに会《あ》わないように果樹園《かじゅえん》をさけていたのだが、この時間《じかん》は授業《じゅぎょう》だからいるはずがないと思《おも》っていた。外《そと》の世界《せかい》を知《し》らないキルメニイは、葬式《そうしき》があると授業《じゅぎょう》が休《やす》みになるという風習《ふうしゅう》を知《し》らなかったのだ。

最後《さいご》にエリックに会《あ》った日《ひ》から、もう何年《なんねん》も経《た》ってしまったような気《き》がしていた。

小道《こみち》をぼんやりと歩《ある》いてきたキルメニイは、はっとして立《た》ち止《と》まった。果樹園《かじゅえん》のはずれにエリックがいるのが見《み》えた。さくにこしかけて、両手《りょうて》で頭《あたま》をかかえている。

エリックの後《うし》ろに人影《ひとかげ》が見《み》えた。それがだれかわかったとき、キルメニイの顔《かお》から血《ち》の気《け》が引《ひ》いた。

ネイルだ。おのを手《て》にしている。

キルメニイは、彼《かれ》が何《なに》をしようとしているか、一瞬《いっしゅん》で理解《りかい》した。

エリックに知《し》らせなくてはならない。

だが、全力《ぜんりょく》で走《はし》っても間《ま》に合《あ》わないかもしれない。ネイルがあのおのをふり下《お》ろしてしまえば、すべてが終《お》わるのだ。

知《し》らせなくては！　早《はや》く！　今《いま》すぐ知《し》らせなくては！

思《おも》いが大波《おおなみ》のように押《お》しよせてきた。ネイルは、エリックに気《き》づかれることなく、おのをふりあげた。そのときだ――。

「エリック！　エリック！　後《うし》ろを見《み》て！　後《うし》ろを見《み》て！」

エリックは悲鳴《ひめい》を聞《き》いてふり返《かえ》った。背後《はいご》にいたネイルがおのを取《と》り落《お》とした。そのまま動《うご》けなくなったネイ

ルは、こちらに走《はし》ってくるキルメニイを見《み》つめていた。言葉《ことば》はなかったが、見開《みひら》かれた目《め》から、信《しん》じられないという気持《きも》ちが伝《つた》わってきた。

「エリック！」

その声《こえ》がキルメニイのものだと、エリックはやっと気《き》づいた。ネイルはおびえたけもののような声《こえ》を上《あ》げて、えぞ松《まつ》の林《はやし》へとにげていった。

そして涙《なみだ》でほおをぬらしたキルメニイが、エリックの胸《むね》へ飛《と》び込《こ》んできた。

「エリック！　わたし、話《はな》せるのよ！　話《はな》せるのよ！　ああ、なんてすばらしいの！　エリック、わたし、あなたが大好《だいす》きなの！　大好《だいす》きなのよ！」

ネイルの逃亡《とうぼう》

エリックは、キルメニイと手《て》をつないでゴードン家《け》にかけ込《こ》み、起《お》きたばかりのできごとをトマスとジャネットに話《はな》して聞《き》かせた。

おどろきのあまり、ただだまって聞《き》いていたトマスがやっと口《くち》を開《ひら》いた。

「きせきだ……。この子《こ》を救《すく》ってくださった神様《かみさま》に感謝《かんしゃ》をささげよう。わしは夢《ゆめ》を見《み》ているようだよ。キルメニイ、本当《ほんとう》に話《はなし》ができるのか？」

「できますとも、おじさま。」

キルメニイは笑顔《えがお》で答《こた》えた。

「本当《ほんとう》に不思議《ふしぎ》ね。今《いま》では、自分《じぶん》がもともと話《はな》せていたような気《き》がするわ。」

それは、優《やさ》しい音楽《おんがく》のような声《こえ》だった。

「わたしが初《はじ》めて話《はな》した言葉《ことば》が、あなたの名前《なまえ》でうれしい。」

キルメニイはエリックにそうささやいた。

少《すこ》し気持《きも》ちが落《お》ち着《つ》いたトマスは、表情《ひょうじょう》を引《ひ》きしめてエリックにたずねた。

「ネイルはどうした？　帰《かえ》ってきたら、一体《いったい》どうしたものだろう。」

エリックは喜《よろこ》びが大《おお》きすぎて、ネイルのことは忘《わす》れかけていた。

「ゴードンさん、ネイルを許《ゆる》してやりましょう。彼《かれ》は苦《くる》しみのあまり、衝動《しょうどう》に負《ま》けてしまったんです……。それに、そのおかげで、キルメニイはこうして話《はな》せるようになったんじゃありませんか。」

「ですがね、先生《せんせい》。あの子《こ》があなたを殺《ころ》そうとしたということに変《か》わりはありません。神様《かみさま》はあの子《こ》が罪《つみ》を犯《おか》すことから救《すく》ってくださって、悪《あく》を善《ぜん》に変《か》えてくださった。それでもわしは、もうあの子《こ》を信用《しんよう》することはできませんよ。」

この問題《もんだい》はネイル自身《じしん》によって解決《かいけつ》された。夜《よる》おそくエリックが下宿先《げしゅくさき》に帰《かえ》ると、ロバート老人《ろうじん》が黒猫《くろねこ》にもわけてやりながらパンとチーズの軽《かる》い食事《しょくじ》をしていた。

「お帰《かえ》りなさい、先生《せんせい》。今日《きょう》はゴードン家《け》では何《なに》かあったようですな。」

「なぜそれを?」

「用事《ようじ》があって駅《えき》に行《い》ったら、リンカン・フレームのやつが全速力《ぜんそくりょく》で馬車《ばしゃ》を走《はし》らせてきたんです。その馬車《ばしゃ》からネイルがおそろしい顔《かお》をして飛《と》びだしてきたかと思《おも》う

と、臨時便《りんじびん》の収穫列車《しゅうかくれっしゃ》に乗《の》り込《こ》んで行《い》ってしまったんですよ。」
「ネイルが、行《い》ってしまった？」
「ええ、リンカンの話《はなし》だと、警察《けいさつ》にでも追《お》われているような顔《かお》であいつの家《いえ》にかけこんできて、収穫列車《しゅうかくれっしゃ》に間《ま》に合《あ》うように馬車《ばしゃ》に乗《の》せてくれとたのまれたそうです。ネイルは荷物《にもつ》ひとつ持《も》たずに、馬車《ばしゃ》のなかではひと言《こと》も口《くち》をきかなかったって話《はなし》ですからね。トマスとけんかでもして家《いえ》を飛《と》びだしたんだろうと、みんなでうわさしていたんですよ。」

ネイルは二度《にど》とリンゼイにもどらないだろうとエリックは思《おも》った。

「実《じつ》はゴードンさんのところでごたごたがあって、ネイルがキルメニイをひどくこわがらせたんです。そうしたらおどろくことに、キルメニイが言葉《ことば》を話《はな》せるようになりましてね。」

ロバート老人《ろうじん》はあぜんとしてエリックを見《み》つめた。

「まさか！　先生《せんせい》は年寄《としよ》りをからかってるんじゃありませんか。」

「いいえ、本当《ほんとう》なんです。ネイルはリンゼイから出《で》ていったようだし、これですべて丸《まる》くおさまったということでしょう。」

エリックは話《はなし》を切《き》りあげて、自分《じぶん》の部屋《へや》へ向《む》かった。階段《かいだん》を上《のぼ》っていると、ロバート老人《ろうじん》が猫《ねこ》に話《はな》しかけている声《こえ》が聞《き》こえた。

「まったく、お前《まえ》はこんな話《はなし》を聞《き》いたことがあるかい？　母《かあ》さんを起《お》こして聞《き》かせてやらなくちゃな。」

かがやく未来《みらい》

すべてが解決《かいけつ》したので、エリックはリンゼイの中学校《ちゅうがっこう》で教《おし》えるのは十月《じゅうがつ》までということにして、その後《ご》はクインスリーの家《いえ》に帰《かえ》ることにした。

キルメニイはエリックのプロポーズを受《う》けいれ、二人《ふたり》は翌年《よくとし》の春《はる》に結婚《けっこん》することに決《き》めた。エリックはもっと早《はや》くに結婚《けっこん》したかったのだが、キルメニイが来年《らいねん》の春《はる》がいいと言《い》い、トマスとジャネットもそれに賛成《さんせい》した。

「わたしは世《よ》の中《なか》のことを知《し》らなさすぎるんですもの。結婚《けっこん》の準備《じゅんび》をする前《まえ》に、勉《べん》強《きょう》しなくてはいけないことがたくさんあるわ。」

勉強《べんきょう》ならば結婚《けっこん》してからでもできるとエリックは思《おも》ったが、トマスとジャネットはもうひと冬《ふゆ》だけ、キルメニイをそばに置《お》いておきたいと言《い》った。

「結婚《けっこん》しても、あの子《こ》が帰《かえ》りたいと思《おも》うときにはいつでも帰《かえ》ってきていいと先生《せんせい》が言《い》ってくださるのは本当《ほんとう》にありがたいですがね、それでもあの子《こ》はあなたの世界《せかい》の人間《にんげん》になってしまう。もちろん、それがあの子《こ》の幸《しあわ》せだ。
でも、あとひと冬《ふゆ》だけ、あの子《こ》をわしらのそばにいさせてください。」

それを聞《き》いて、エリックは納得《なっとく》した。

「ところで結婚《けっこん》のことは、お父《とう》さんにお話《はな》しされたんですか。」

ジャネットに聞《き》かれて、エリックはその日《ひ》のうちに手紙《てがみ》を書《か》いた。リンゼイで起《お》きたことをすべて書《か》いて送《おく》ると、エリックの父《ちち》のマーシャル氏《し》は返事《へんじ》のかわりに、自分《じぶん》でリンゼイにやって来《き》た。

「ついこの間《あいだ》まで口《くち》もきけなかった娘《むすめ》と結婚《けっこん》するだって？　お前《まえ》は一体《いったい》何《なに》を考《かんが》えてるんだ？」

「父《とう》さん、とにかくキルメニイに会《あ》ってもらえればわかります。」

「ふん！　わしの目《め》で確《たし》かめて、その娘《むすめ》がお前《まえ》にふさわしくないとなったら、結婚《けっこん》はあきらめるんだぞ。」

二人《ふたり》はゴードン家《け》にやって来《き》たが、キルメニイはいなかった。

「あの子《こ》はまた果樹園《かじゅえん》にいますよ、先生《せんせい》。」とジャネットが言《い》い、エリックとマーシャル氏《し》は、しばらくトマスとジャネットと話《はなし》をした。

ゴードン家《け》を出《で》て果樹園《かじゅえん》に向《む》かう途中《とちゅう》で、マーシャル氏《し》が言《い》った。

「わしはあの人《ひと》たちが気《き》に入《い》ったよ。品《ひん》がよく、しっかりした考《かんが》えも持《も》っている。」

「キルメニイのことも必《かなら》ず気《き》に入《い》ります。彼女《かのじょ》は、果樹《かじゅ》

園《えん》にさくどんな花《はな》よりも優《やさ》しく美《うつく》しいんです。」

マーシャル氏《し》はあきれ顔《がお》をしたあと、少《すこ》しなつかしそうに言《い》った。

「わしも人生《じんせい》のうち六《ろっ》か月《げつ》は、詩人《しじん》だったことがある。お前《まえ》の母《かあ》さんにプロポーズをしているときにな。」

二人《ふたり》が果樹園《かじゅえん》に着《つ》くと、キルメニイはライラックの木《き》の下《した》のベンチで本《ほん》を読《よ》んでいた。エリックが連《つ》れてきた人物《じんぶつ》がだれなのかを理解《りかい》すると、キルメニイは立《た》ちあがって近《ちか》づいてきた。お気《き》に入《い》りの青《あお》い服《ふく》を着《き》て、かんむりのように編《あ》みあげた黒《くろ》髪《かみ》にシオンの花《はな》を飾《かざ》ったキルメニイは、若《わか》い王女《おうじょ》のように見《み》えた。

「父《とう》さん、キルメニイです。」

エリックは堂々《どうどう》と二人《ふたり》を引《ひ》き合《あ》わせた。

キルメニイははじらいながらあいさつをすると、手《て》を差《さ》し出《だ》した。その手《て》をとったマーシャル氏《し》に見《み》つめられ、キルメニイは緊張《きんちょう》した。

やがてマーシャル氏《し》はキルメニイを引《ひ》きよせると、額《ひたい》に優《やさ》しくキスをした。

「息子《むすこ》の花嫁《はなよめ》になることを承知《しょうち》してくださってありがとう。わしにも、かわいい大《だい》事《じ》な娘《むすめ》ができたわけだ。」

ふいに涙《なみだ》があふれそうになって、エリックは二人《ふたり》から顔《かお》をそむけた。

果樹園《かじゅえん》にふりそそぐ太陽《たいよう》の光《ひかり》がエリックのひとみをかがやかせた。

作《さく》者《しゃ》について知《し》ろう

写真：時事

ルーシー・モード・モンゴメリ

1874年《ねん》11月《がつ》30日《にち》、カナダのプリンス・エドワード島《とう》生《う》まれ。代表作《だいひょうさく》『赤《あか》毛《げ》のアン』はベストセラーとなり、現代《げんだい》も多《おお》くのファンがいます。

生《お》い立《た》ち

島《しま》の歴史《れきし》ある名家《めいか》に生《う》まれたものの、1歳《さい》のときに母親《ははおや》が亡《な》くなります。その後《ご》、母方《ははかた》の祖父母《そふぼ》に引《ひ》き取《と》られ、厳《きび》しくしつけられました。アンの生《お》い立《た》ちと重《かさ》なる部分《ぶぶん》がありますね。

モンゴメリとプリンス・エドワード島《とう》

プリンス・エドワード島《とう》に生《う》まれ、青春時代《せいしゅんじだい》をこの島《しま》で過《す》ごしたモンゴメリ。島《しま》の美《うつく》しい自然《しぜん》は、モンゴメリの創作《そうさく》意欲《いよく》をかきたてました。島《しま》を離《はな》れてからも、故郷《こきょう》へ思《おも》いをはせ、執筆《しっぴつ》を続《つづ》けました。

アンとの共通点《きょうつうてん》

モンゴメリは、アンのように美《うつく》しい自然《しぜん》やロマンチックなことが大好《だいす》きでした。そして、教師《きょうし》の経験《けいけん》もあります。物語《ものがたり》には、モンゴメリ自身《じしん》の人生《じんせい》が反映《はんえい》されているのかもしれません。

晩年《ばんねん》のモンゴメリ

36歳《さい》のときに牧師《ぼくし》ユーアンと結婚《けっこん》し、島《しま》を離《はな》れます。牧師《ぼくし》の妻《つま》でありながらも執筆《しっぴつ》を続《つづ》けました。亡《な》くなるまでペンをにぎり続《つづ》けた作家人生《さっかじんせい》でした。

熱《あつ》い恋《こい》のエピソード

23歳《さい》のとき、下宿先《げしゅくさき》の息子《むすこ》ハーマンと燃《も》えるような恋《こい》をしました。しかし、自分《じぶん》はハーマンにふさわしくないと思《おも》い、祖《そ》父《ふ》の他界《たかい》を機《き》に、恋《こい》に終《しゅう》止符《しふ》を打《う》ちました。

モンゴメリの生涯《しょうがい》

西暦《せいれき》	年齢《ねんれい》	できごと
1874年《ねん》	0歳《さい》	11月《がつ》30日《にち》、カナダのプリンス・エドワード島《とう》に生《う》まれる。
1876年	1歳8か月《げつ》	母《はは》と死別《しべつ》。祖父母《そふぼ》と暮《く》らすことになる。
1891年	16歳	詩《し》やエッセイがいくつかの新聞《しんぶん》に掲載《けいさい》される。
1893年	18歳	プリンス・オブ・ウェールズ・カレッジへ進学《しんがく》。 1年《ねん》の教員養成課程《きょういんようせいかてい》をとる。
1894年	19歳	プリンス・エドワード島《とう》で小学校教諭《しょうがっこうきょうゆ》となる。
1898年	23歳	祖父《そふ》が亡《な》くなり、祖母《そぼ》と暮《く》らすために教師生活《きょうしせいかつ》を断念《だんねん》する。
1901年	26歳	新聞社《しんぶんしゃ》で記者兼校正係《きしゃけんこうせいがかり》として8か月働《げつはたら》く。
1904年	29歳	『赤毛《あかげ》のアン』を書《か》きはじめる。
1908年	33歳	『赤毛《あかげ》のアン』を出版《しゅっぱん》。
1910年	35歳	『果樹園《かじゅえん》のキルメニイ』を出版《しゅっぱん》。
1911年	36歳	祖母《そぼ》が亡《な》くなる。牧師《ぼくし》ユーアンと結婚《けっこん》し、牧師《ぼくし》の妻《つま》となる。
1912年	37歳	長男《ちょうなん》を出産《しゅっさん》。その後《ご》、次男《じなん》（出産後《しゅっさんご》すぐに亡《な》くなる）、三男《さんなん》を産《う》む。
1935年	60歳	牧師《ぼくし》を辞任《じにん》した夫《おっと》とともにカナダのトロントに移住《いじゅう》。
1942年	67歳	4月《がつ》24日《にち》他界《たかい》。

2つの作品《さくひん》が書《か》かれたのはこんな時代《じだい》

『赤毛《あかげ》のアン』と『果樹園《かじゅえん》のキルメニイ』が書《か》かれたのは二十世紀《にじっせいき》の初《はじ》め、今《いま》から約百年前《やくひゃくねんまえ》のことです。当《とう》時《じ》の生活《せいかつ》は、現代《げんだい》のわたしたちの生活《せいかつ》とは大《おお》きく異《こと》なりました。

たとえば、わたしたちは一週間《いっしゅうかん》のなかで、何着《なんちゃく》かちがう服《ふく》を着《き》ることが多《おお》いと思《おも》います。ですが、当時《とうじ》は普段着《ふだんぎ》が二《に》〜三枚《さんまい》、よそいきの服《ふく》が一枚《いちまい》だけという家《か》庭《てい》がほとんどで、一週間《いっしゅうかん》同《おな》じ服《ふく》を着《き》る人《ひと》もいました。また、女性《じょせい》は社会的《しゃかいてき》な立場《たちば》が弱《よわ》く、女性《じょせい》が就《つ》ける職業《しょくぎょう》は教師《きょうし》やメイド、秘書《ひしょ》などにかぎられていました。

明《あか》るく、前向《まえむ》きなアンの成長《せいちょう》の物語《ものがたり》は、そんな時代《じだい》の少女《しょうじょ》たちを夢中《むちゅう》にさせました。そして今《いま》でもその魅《み》力《りょく》は色《いろ》あせず、世界中《せかいじゅう》の少女《しょうじょ》たちに感動《かんどう》と勇気《ゆうき》をあたえ続《つづ》けているのです。

＜参考文献《さんこうぶんけん》＞

・『赤毛のアン』村岡花子訳、新潮社、1979年
・『「赤毛のアン」の生活事典』テリー神川、講談社、1997年
・『赤毛のアンの島へ』山内史子ほか編著、白泉社、2013年
・『「赤毛のアンの故郷へ」』掛川恭子著、講談社、1991年
・『果樹園のセレナーデ』村岡花子訳、新潮社、1979年
・『新版 赤毛のアンの世界へ』学習研究社、2008年
・『図説 赤毛のアン』奥田実紀著、河出書房新社、2013年

トキメキ夢文庫《ゆめぶんこ》　刊行《かんこう》のことば

長《なが》く読《よ》み継《つ》がれてきた名作《めいさく》には、人生《じんせい》を豊《ゆた》かで楽《たの》しいものにしてくれるエッセンスがつまっています。でも、小学生《しょうがくせい》のみなさんには少《すこ》し難《むずか》しそうにみえるかもしれませんね。そんな作品《さくひん》をよりおもしろく、よりわかりやすくお届《とど》けするために、トキメキ夢文庫《ゆめぶんこ》をつくりました。日《に》本《ほん》の新《あたら》しい文化《ぶんか》として根《ね》づきはじめている漫画《まんが》をとり入《い》れることで、名作《めいさく》を身近《みぢか》に親《した》しんでもらえるように工夫《くふう》しました。

ぜひ、登場人物《とうじょうじんぶつ》たちと一緒《いっしょ》になって、笑《わら》ったり、泣《な》いたり、感動《かんどう》したり、悩《なや》んだりしてみてください。そして、読書《どくしょ》ってこんなにおもしろいんだ！　と気《き》づいてもらえたら、とてもうれしく思《おも》います。

この本《ほん》を読《よ》んでくれたみなさんの毎日《まいにち》が、夢《ゆめ》いっぱいで、トキメキにあふれたものになることを願《ねが》っています。

2016年《ねん》7月《がつ》　新星出版社編集部《しんせいしゅっぱんしゃへんしゅうぶ》

＊今日では不適切と思われる表現が含まれている作品もありますが、時代背景や作品性を尊重し、そのままにしている場合があります。
＊原則として、小学六年生までの配当漢字を使用しています。語感を表現するために必要であると判断した場面では、中学校以上で学習する漢字・常用外漢字を使用していることもあります。
＊より正しい日本語の言語感覚を育んでもらいたいという思いから、漫画のセリフにも句読点を付加しています。

原作＊ルーシー・モード・モンゴメリ
編訳＊中川千英子
マンガ・絵＊柚月もなか(赤毛のアン)
ぷりん(果樹園のキルメニイ)
本文デザイン・DTP＊(株)ダイアートプランニング(高島光子、坂口博美)
装丁＊小口翔平+上坊菜々子(tobufune)
構成・編集＊株式会社スリーシーズン

トキメキ夢文庫 赤毛のアン

原　作　L・M・モンゴメリ
編　者　新星出版社編集部
発行者　富永靖弘
印刷所　株式会社高山

発行所　東京都台東区台東２丁目24　株式会社 新星出版社
〒110-0016 ☎03（3831）0743

ISBN978-4-405-07225-1

『果樹園《かじゅえん》のキルメニイ』人物相関《じんぶつそうかん》チャート